BRANCO VIVO
Antonio Lino

Fotografias de Araquém Alcântara

CONSELHO EDITORIAL
BIANCA OLIVEIRA
JOÃO PERES
LEONARDO AMARAL
TADEU BREDA

PROJETO GRÁFICO
ANA CAROLINA SOMAN

PREPARAÇÃO & REVISÃO
TADEU BREDA

**DIREÇÃO DE ARTE &
TRATAMENTO DE IMAGENS**
BIANCA OLIVEIRA

"(...) este monstro mole e indeciso ainda que é o Brasil."
Mário de Andrade

A COLÔNIA
115

**O MÉDICO
E A ONÇA**
17

NOTA DO EDITOR 7
APRESENTAÇÃO 11
AGRADECIMENTOS 239
LEGENDAS 246
SOBRE OS AUTORES 248

ALÉM-MAR
141

O GAVIÃO
185

**O MÉDICO
E A REZADEIRA**
37

O RELÓGIO
213

AS MARIAS
91

ÍTACA
225

MADRE TERRA
159

NOTA DO EDITOR

"Floresta tropical latifoliada superúmida." Após uma breve apresentação, Araquém Alcântara, muito prazer, são essas as primeiras palavras do renomado fotógrafo enquanto convida a contemplar uma imagem da Mata Atlântica que descansa sobre o chão do escritório, esperando ser alçada à parede.

"Olha isso aqui", e dança as mãos sobre a névoa que preenche o espaço entre o céu cinzento e o verde da copa das árvores. "Não tem nada melhor do que caminhar por um lugar desses debaixo de chuva. É uma experiência mística. Pena que estejam acabando com tudo..."

Aos 66 anos, Araquém transmite a quem o conhece uma paixão desmedida pela natureza do Brasil. Natureza: o mato, a terra, o ar, os bichos, as águas — e, claro, as gentes. As milhares de imagens produzidas pelo fotógrafo ao longo de quarenta e sete anos de caminhada demonstram que a natureza, por mais que tentem e, por vezes, consigam, não se dissocia das pessoas.

Suas fotografias mais recentes estão no livro *Mais Médicos* (TerraBrasil, 2016), que o levou a percorrer trinta e oito cidades em vinte estados com o objetivo de transmitir a dimensão humana do programa de saúde pública lançado pelo governo federal em 2013. Não há números, estatísticas, Cuba sim, Cuba não. Há Brasil — ou brasis: suas paisagens e suas gentes, suas solidariedades, sua nobreza.

"Esse é meu manifesto humanista", define, descrevendo as cenas que testemunhou nas lonjuras do país, o gesto dos médicos e a hospitalidade com que eram recebidos, muitas vezes pela primeira vez em toda uma vida; o jaleco e a casa de pau a pique; a ciência e a crendice.

Parte das imagens que ilustram o livro *Mais Médicos* — além de outras inéditas — foram gentil e generosamente cedidas por Araquém Alcântara para complementar e serem complementadas pelos escritos de Antonio Lino.

Sem prévio conhecimento um do outro, fotógrafo e escritor confabularam projetos semelhantes, e, cada um a seu tempo, tomaram a estrada. Coincidiram em três cidades, mas jamais se cruzaram. De volta a São Paulo, acabaram se conhecendo. E, depois de uma longa conversa, puderam juntar os trabalhos na presente edição: uma tentativa de dois cantadores do Brasil em mostrar o que esse país esconde — ou revela.

A Editora Elefante agradece demais. E os leitores também.

TADEU BREDA
INVERNO DE 2017

APRESENTAÇÃO
Os óculos de Miguilim

Abro o livro na página em que Miguilim encara o doutor José Lourenço, recém-chegado ao Mutúm. Releio a cena: com os olhos espremidos, o menino se esforça para conferir se aquele homem alto, de roupa branca, está mesmo sorrindo para ele. O médico, de cima do cavalo, desconfia:

"— Por que você aperta os olhos assim? Você não é limpo de vista?"

Depois de apear, o forasteiro é recebido na casa da família, onde realiza alguns testes ópticos ("Espia daí: quantos dedos da minha mão você está enxergando? E agora?"). Então, disposto a confirmar o diagnóstico, o doutor José Lourenço tira os óculos do próprio rosto, para encaixá-los sobre o nariz de Miguilim. Numa das passagens mais comoventes de "Campo Geral", Guimarães Rosa descreve o efeito das lentes sobre o menino:

"E Miguilim olhou para todos, com tanta força. Saiu lá fora. Olhou os matos escuros de cima do morro, aqui a casa, a cerca de feijão-bravo e são-caetano; o céu, o curral, o quintal; os olhos redondos e os vidros altos da manhã. Olhou, mais longe, o gado pastando perto do brejo, florido de são-josés, como um algodão. O verde dos buritis, na primeira vereda. O Mutúm era bonito! Agora ele sabia".

Nunca fui Miguilim. Embora pertença (orgulhosamente) a duas linhagens de capiaus e caipiras, que migraram da roça e vieram se entrelaçar (pelo encontro entre minha mãe e meu pai) na cidade grande, destoando dos meus antepassados, nasci, cresci e sigo forjando minha visão de mundo a partir de São Paulo. Além do mais, entre outros privilégios, disponho dos meus próprios óculos. O que resolve o problema do astigmatismo (um grau em cada olho), mas não serve para o principal: alargar meu ponto de vista urbanoide, letrado, calçado. Nesse caso, é preciso sair do lugar cativo. É preciso buscar a paisagem alheia. É preciso ir até o Mutúm — viajar, afinal, é ver com a pele.

Branco vivo é resultado de uma série de viagens que fiz ao longo de um ano, acompanhando o trabalho de profissionais de saúde em aldeias indígenas, comunidades quilombolas, assentamentos rurais e periferias urbanas — mutúns da vida real, que tive a oportunidade de conhecer de perto, ainda que com outra nitidez, diferente do Miguilim: em vez dos óculos, para escrever este livro, o que eu tomei emprestado foi algo do olhar de médicos embrenhados pelos cafundós do Brasil.

Não eram poucos quando comecei a pesquisa: em agosto de 2015, um total de dezoito mil duzentos e quarenta doutores e doutoras participava do Programa Mais Médicos, prestando atendimento básico em postos de saúde da rede pública, distribuídos por mais de quatro mil municípios. Predominavam os estrangeiros: nos dois primeiros anos do programa, 73% dos profissionais que embarcaram em aviões da Força Aérea Brasileira para suar o jaleco país adentro vinham de fora, principalmente de Cuba. "Que brasis estes médicos estão descobrindo?", era a pergunta que eu me fazia, debruçado sobre o mapa.

De saída, tomei a diversidade como norte. Disposto a encadernar juntos, no mesmo volume, índios e quilombolas, sertanejos e ribeirinhos, gaúchos e pescadores, matutos e suburbanos, escolhi a dedo nove destinos, num itinerário pelas cinco regiões do país. As viagens correram por conta de um convite do Ministério da Saúde. A proposta era que eu garimpasse histórias desses brasis profundos, ao rés do chão do Programa Mais Médicos. Mas sem decoro oficial, pátria-amada-salve-salve. Com carta branca para não ser chapa branca, busquei me aproximar da perspectiva das comunidades. Um deslocamento que empreendi em boa companhia: demonstrando um interesse genuíno pelo ponto de vista do outro ("Por que você aperta os olhos assim?"), forasteiros, vestidos com "o claro da roupa", os cinco médicos e as sete médicas de carne e osso que eu conheci, a exemplo do dr. José Lourenço, também descem do cavalo à entrada do Mutúm — que é para alcançar a altura dos meninos descalços.

Diante desse olho no olho, meu trabalho foi ver algo além. Como escritor, me interessa muito a leitura que um médico pode fazer de seus pacientes. Explico: ao erguer a cabeça do laudo do laboratório, descansar a caneta sobre o receituário e mirar a alguns palmos do próprio nariz, o doutor se depara com outro ser humano sentado (ou deitado) à sua frente. Sem desprezar a ótica da ciência, diante daquele mostruário de sintomas, daquela máquina lubrificada de sangue, daquele fascinante universo de organismos microscópicos, daquela embalagem de vísceras sujeita a corte e costura, muitos médicos conseguem enxergar não apenas um corpo, mas o corpo de uma pessoa feita de histórias. O clínico, então, transita entre gêneros narrativos: do bioquímico (repleto de batalhas épicas entre soldados brancos e invasores patogênicos) ao biográfico.

Cada caso é um causo.

A mesa do consultório é o balcão onde as almas vêm prestar queixas da carne. Diante do médico, o paciente sabe, todos sabemos, que talvez seja até possível adiar um pouco o desfecho do grande roteiro. Alterá-lo, não: por fim, cada qual retornará ao pó em que acredita. O *spoiler* existencial, contudo, não prejudica a tensão da trama. Fora a morte, tudo é dúvida. E o cientista está ali, vestido de branco, para oferecer alívio e alguma certeza, nessa barafunda que é viver:

— O que é que eu tenho, doutor?

De sua parte, o médico ordena evidências. Uma hiperemia conjuntival. Uma hiperplasia pseudocarcinomatosa. Uma dor retro-orbital. Uma hipotensão ortostática. Cada sintoma é o fio solto de uma meada multicolorida, pedindo para ser desembaraçada. Seguir estas pistas diagnósticas, invariavelmente, leva para fora do consultório. É então que acontece: no corpo do paciente, o clínico vislumbra o corpo social — este organismo muito velho que acaba de nascer, todos os dias, cheio de promessas e disfunções crônicas.

Para mim, um reles escriba que nunca aplicou uma injeção em ninguém, interessa demais essa perspectiva médica ampliada, do micro ao macroscópico. Só um conjunto variado de lentes pode revelar as complexas relações que as lombrigas na barriga de um Miguilim estabelecem com a impossibilidade de seus pais lhe comprarem um sapato, com a ausência de saneamento básico no Mutúm, com a acelerada combustão dos biomas brasileiros, com a mais recente votação em plenário do orçamento da União, com a desigualdade social que corrompe a humanidade. O médico, evidentemente, não precisa emoldurar o quadro todo para receitar um vermífugo ao menino. Mas a paisagem está lá, disponível: a quem queira enxergar o mundo, a saúde pública é um baita mirante.

Em busca desse ponto de vista privilegiado, peguei a estrada. Atento ao chão, percorri todo o caminho disposto a catar as histórias de vida que transbordavam dos prontuários. Para isso, ao longo de um ano, estive no encalço destes médicos e médicas que sabem o nome do paciente, visitam sua casa, conhecem sua família e convivem com a comunidade. Peguei carona nestes diagnósticos panorâmicos, digamos assim. E, com essa lente emprestada pelos doutores, sem fazer vista grossa para as caretas da paisagem, mas vulnerável aos deslumbres ("O Mutúm era bonito!"), como um menino barbado, olhei com força ao meu redor.

O MÉDICO E A ONÇA
São Francisco do Guaporé, Rondônia

O marechal Rondon ainda era coronel quando foi incumbido de costurar a Amazônia ao Brasil com fios de telégrafo. A comissão partiu de Cuiabá em 1907. Pelo meio da floresta, militares e cientistas marcharam em fila, plantando postes de transmissão no lugar das árvores. Além disso, ao longo do caminho, os expedicionários catalogaram plantas. Alfinetaram borboletas. Colecionaram pedras. Batizaram rios. Demarcaram fronteiras. E, no contato nem sempre amistoso com os índios, bateram continência às ordens pacifistas de Rondon.

Aconteceu, por exemplo, às margens do Rio Juruena: após seis semanas de trilhas extenuantes, comendo macacos à falta de outro cardápio, e corroídos pela malária, os homens se enxugavam do banho merecido, quando o primeiro sopro riscou o ar. Pensando se tratar de um pássaro, Rondon acompanhou o vulto do rasante: ao olhar para baixo, no entanto, em vez de uma ave, o que o chefe da expedição encontrou foi uma flecha, espetada na bandoleira de sua Remington. O couro do uniforme salvou-lhe a pele. Já Rio Negro, seu cão de caça, não teve a mesma sorte: alvejado pelas setas envenenadas, o perdigueiro uivou, cambaleante, até desfalecer. Rondon reagiu com tiros a esmo, para o alto: era seu jeito de afugentar os Nambiquara camuflados na mata, e assim colocar em prática seu célebre lema indigenista: "Morrer, se preciso for; matar, nunca".

Nesta toada "amor, ordem e progresso", o trabalho prosseguiu, entre avanços lentos e recuos estratégicos. Ao todo, foram oitos anos de desbravamentos e pesquisas, parcelados em idas e vindas de Rondon ao Rio de Janeiro. Até que, no primeiro dia de 1915, finalmente, a missão se curvou à persistência de seu líder. Ao som do hino nacional, cantado pela cúpula de um gramofone, a comissão esticou então, sobre o último poste da linha, os últimos metros do "fio que fala" (como escreveria Drummond, numa homenagem póstuma ao marechal).

Pois eis que, mais de um século depois, sobre o asfalto da BR-364, refrigerado pelo ar-condicionado de um Toyota Etios, na era da telefonia móvel, meu Motorola dispensa os cabos e recebe, através do ar, o sinal eletromagnético das operadoras locais. Os tempos mudaram. Mas o caminho ainda é o mesmo do telégrafo: aquela antiga picada do Rondon, aberta a facão, virou rodovia.

Essa rodovia que me leva ao interior de Rondônia.

Correndo lá fora, nos dias de hoje, a paisagem é pastagem. Na mão e na contramão, o acostamento é sempre o mesmo: nelores ruminando. Cercas de arame e porteiras de fazenda separam o asfalto do capim. Aqui e ali, algumas castanheiras, solitárias e imponentes, destoam do cenário horizontal. Na rodagem, grãos de soja atacam os motoristas, pulando da caçamba dos caminhões e estralando no para-brisa dos carros.

Nas últimas décadas, a pecuária e a agroindústria também percorreram a rota do Rondon. Como se sabe, porém, ao contrário do marechal indigenista, os militares que lideraram a marcha para o oeste dessa vez calibraram melhor a pontaria contra os nativos (a Comissão Nacional da Verdade fala em, por baixo, oito mil trezentos e cinquenta índios mortos). Ao alardear o "vazio demográfico" da região, a partir dos anos 1970, a ditadura cravou tachinhas coloridas no mapa da Amazônia, prometendo ali "terras sem homens para homens sem terra". Com o incentivo federal, um tropel de gente e gado chegou pisoteando a floresta e levantando fumaça. Uma fumaça que, até hoje, ainda não terminou de baixar. É o que constato: sobretudo agora, na seca do inverno, incêndios e queimadas sufocam Rondônia com uma densa camada de fuligem. Estacionada sobre o estado, a névoa cinza avermelha os olhos. Desde Porto Velho, são mais de seiscentos quilômetros rodados, sete horas de estrada, e nada de azul: só este céu sujo de chão queimado.

Até que, finalmente, sou recebido pelas estátuas de um touro, uma vaca e um bezerro, à entrada de São Francisco do Guaporé.

Prestes a completar vinte anos de emancipação, o jovem município esparrama-se por mil cento e cinquenta e cinco quilômetros quadrados. Uma área ocupada menos por seus vinte mil habitantes que por seu rebanho bovino, que beira a cifra de meio milhão de cabeças (justificando, portanto, o monumento de boas-vindas). Depois de alongar o corpo amarfanhado pela estrada, peço licença e vou entrando na cidade aos poucos, em doses de café — a primeira xícara é servida na casa da prefeita, depois outra no gabinete da secretária de saúde, mais uma na biblioteca municipal (onde me interesso por uma coletânea de cartas do Graciliano, entre novelas água com açúcar e títulos paradidáticos dispostos sobre estantes desempoeiradas, sob os cuidados de um casal tranquilo). A poucos mililitros da overdose, ainda tiro um gole frio e doce da térmica do postinho. Uma enfermeira, ajoelhada sobre o tapete de espuma colorida da modesta brinquedoteca recém-inaugurada, entretém algumas crianças com peças de encaixar, enquanto alguém não chama o nome de suas mães para a consulta. É então que reparo algo estranho: ao contrário das minhas expectativas, até agora, não cumprimento ninguém com ares de pistoleiro ou lenhador, tipos que (devo admitir) povoam meus preconceitos de paulistano vegetariano quando o assunto é Rondônia. Gradualmente, vai se dissipando aquela primeira impressão de faroeste amazônico, fixada em mim pela fumaça onipresente e pela aridez da paisagem, no trajeto de Porto Velho até São Francisco do Guaporé. Assim, já bem menos anuviado pelos encontros da chegada, e com uma boa noite de descanso nas costas, bato palmas em frente à casa do dr. Raul Ortigoza, que me aguarda para outra viagem.

Arejada, a residência não ostenta penduricalhos de decoração. Entre as paredes sem pregos, com os eletrodomésticos essenciais e os móveis indispensáveis, a simplicidade é o aconchego. Bem iluminada, a cozinha dá acesso ao quintal, onde as roupas molhadas voejam, no fio esticado entre o pé de goiaba e o de manga. Complementando o pomar, aos fundos do terreno, floresce um canteiro recém-plantado pelo dr. Raul:

— Ganhei as mudas da Dona Jovina, lá do Porto Murtinho. Mandioca boa, do Nordeste. Comi na casa dela.

O relógio dourado no pulso do médico cubano já marca quase onze anos de estudo e trabalho longe da família. A mãe, dona de casa, e o pai, empregado como faz-tudo num hotel, aguardam notícias das andanças do filho enquanto levam a vida na província de Holguín, onde Raul nasceu, há 35 anos. Inspirado no jaleco de um tio, médico das antigas, além do período como universitário em Havana, somado à especialização em fisiatria, o primogênito dos Ortigoza cumpriu dois anos de serviço social na zona rural da ilha. Em seguida, engajou-se em sua primeira missão fora do país, vivendo por um ano e meio num bairro que era "puro malandro", na periferia de Valencia, uma das maiores cidades da Venezuela. Ali, dr. Raul deparou-se com emergências que nunca havia atendido: ferimentos de bala e talhos de faca, sintomas crônicos da violência urbana, segundo ele, um mal incipiente em Cuba. Ao término de seu contrato venezuelano, e de uma estadia curta na casa dos pais, em março de 2013, o jovem médico aprontou as malas de novo: desde então, dr. Raul planta suas mandiocas em São Francisco do Guaporé.

— Dona Jovina tinha uma úlcera feia no tornozelo, nunca vi nada igual. Ela já tinha desistido de tratar, dizia que não tinha jeito, que era macumba. Mas acompanhei o caso dela, e a ferida foi melhorando. Já estava quase fechada, quando uma galinha bicou o pé da Dona Jovina. A veia rompeu. E quase complicou tudo outra vez.

O mapa de São Francisco do Guaporé é subdividido entre sete médicos cubanos (no total, cinco doutoras e dois doutores). Além do Porto Murtinho, onde mora Dona Jovina, cabe ao dr. Raul uma área bem mais remota: a comunidade quilombola de Pedras Negras, acessível apenas pelo ar (de teco-teco) ou pela água (de lancha são quatro horas subindo o Rio Guaporé). Terminando de se arrumar para o expediente, o médico veste mangas compridas, óculos escuros e boné, para não fritar a pele clara lá fora: um sol de meio-dia já está montado no começo da manhã. O estetoscópio se acomoda ao lado de um exemplar do *Formulário terapêutico nacional*, dentro da mochila. Em seguida, cortês e metódico, Raul me oferece uma das laranjas, já descascadas, que leva numa sacola plástica para a viagem. O portão da casa desliza até fechar. Enquanto estico o cinto de segurança no assento traseiro, o dr. Ortigoza se ajeita no banco da frente, ao lado do motorista da prefeitura, encaixando entre as pernas três volumes de bagagem: a mochila, o saco com as frutas e a sua vara de pescar.

Na vitrola de MP3, Sérgio Reis canta "Boiadeiro Errante", enquanto a picape galopa pelos quarenta quilômetros de terra no trajeto entre o centro de São Francisco do Guaporé e a beira d'água. Depois de uma hora de viagem, apeamos dos pneus. Então, embarcamos na ambulância flutuante, mais conhecida como "ambulancha", seu apelido oficial, pintado em letras vermelhas sobre o casco branco. Embora respeite o padrão cromático dos veículos a serviço da saúde, diferente de seus análogos terrestres, a ambulancha não comporta sirene, acessório afinal dispensável: seria um incômodo inútil aos passageiros, ante a fluidez do tráfego ribeirinho. De modo que o ruído predominante da viagem é o vento roçando as orelhas. E o rosnar monótono dos quarenta cavalos queimando gasolina na popa.

Em cima dos troncos que afloram do rio, amontoando-se sobre os cascos uns dos outros, os tracajás observam nossa passagem marolenta. As andorinhas nos ultrapassam, rasantes, enquanto os mergulhões planam, de butuca, preparando o esporão do ataque... Triunfante, com uma tilápia no bico, o pescador alado emerge das águas brasileiras e, alheio às taxas da aduana, atravessa a fronteira, pousando sobre uma copaíba enraizada noutro país. Por todo o caminho é assim: na margem à nossa direita está sempre a Bolívia. Pela raia divisória, singramos rio acima, até que placas oficiais decretam novos limites: a Reserva Biológica do Guaporé. A floresta adensa. Em meio ao corredor de árvores, admiro toda vida que me faltou no acostamento da BR-364, na vinda de Porto Velho para cá. A certa altura, dr. Raul cutuca meu ombro. E então aponta para uma curva estreita do rio:

— Foi aqui que eu vi a onça.

Em sua primeira viagem para Pedras Negras, o médico cubano foi brindado pelo flagrante. De porte adulto, o felino atravessava a nado o Guaporé quando seus bigodes molhados foram surpreendidos pelo ronco da ambulancha. Silenciada, em modo de remo, a tripulação flutuou a um metro da cabeçorra pintada. No notebook que deixou em casa, como prova da lembrança que traz consigo, dr. Raul mantém arquivadas as fotografias de seu encontro com a onça. Amanhã, quando regressarmos, verei as imagens.

Animado pelo relato do médico, durante um bom trecho mantenho a câmera engatilhada, sustentando a expectativa de que a fauna local também me surpreenda com alguma aparição extraordinária. Mas os bichos logo começam a se repetir. A pontaria dos mergulhões. O banho de sol dos tracajás. O peito branco dos jaburus. Ante a vegetação, sou incapaz de distinguir as unidades amalgamadas no conjunto verde. Arrefecida de novidades, lá pelas tantas, ainda bastante longe de Pedras Negras, a paisagem empalidece. As nádegas já se desentendem com os coletes salva-vidas, improvisados como almofadas sobre os assentos duros da ambulancha. Dr. Raul distribui aos tripulantes as laranjas, que trouxe descascadas de casa. Então, todos encostam no marasmo. E eu me perco em outras viagens, à deriva em devaneios...

Consta que à época da implantação do telégrafo, aproximando-se de um trecho raso e pedregoso do Rio Guaporé, Rondon deu de cara com as ruínas de um forte português. Não era miragem: em meados dos Setecentos, El-Rei D. José I financiara a obra, como adendo ao Tratado de Madri, num conjunto de esforços para intimidar de vez a cobiça da vizinhança espanhola sobre seu quintal amazônico. Deu certo: o rio virou cerca entre o Brasil, na margem de cá, e a Bolívia, na margem de lá.

Atualmente, no município de Costa Marques, a cento e dez quilômetros de São Francisco do Guaporé, diante dos quatro baluartes da fortaleza, e dos canhões enferrujados apontando seus focinhos para fora, os turistas já não dispomos mais da ponte levadiça, mastigada pelos séculos. E nem é preciso: caminhando pelo fosso seco e subindo alguns degraus de madeira, chego à entrada do monumento. Lá dentro, logo à direita, visito a jaula onde os prisioneiros eram mantidos em coleiras de ferro. Numa das paredes da masmorra, escrito em baixo relevo no reboco musguento, leio o testemunho depressivo do "pobre e emfeliz Pacheco". Noutra caligrafia, um tal de Juvino oferece um registro histórico aos geólogos do futuro:

no dia 18 de st. 1852 pelas 2 da tarde tremeo a terra

Ao ar livre, pelo gramado do pátio interno, entre paredes desmoronadas e outras a ponto de, constato que os piuns se assenhoraram do Real Forte Príncipe da Beira. Fujo, estapeando os sanguinários pontinhos pretos que engordam na minha pele. De saída, descubro outros vampiros: no corpanzil da fortaleza, aninhados entre os blocos maciços da construção, morcegos guincham, esperando o convite do crepúsculo para voar. Cedendo ao cenário, fico meio lúgubre também. Então, volto a pensar na gente que ergueu essas muralhas. No trabalho forçado. Nos castigos. Leio a tristeza grafada sem letras nestas paredes centenárias. E sinto que, com o passar dos anos, a carga da história se inverteu: impregnadas por seu antigo fardo, hoje, diante de mim, são as pedras que carregam o peso dos escravos.

Entre os cativos da senzala, muitos rebentaram seus próprios grilhões. Como rota de fuga, um dos caminhos para a liberdade começava bem aos pés do forte: era o Rio Guaporé. Subindo o curso das águas, os negros autoalforriados se abrigavam à sombra das massarandubas, esvaziavam o casco dos tracajás, aprendiam remédios com os índios e levantavam acampamento, de novo e de novo, a cada recorrente assédio dos capitães do mato. Itinerantes, os quilombos se entranharam pela floresta, cada vez mais profundos, gingando entre os ramais do rio. Foi só com a abolição da escravatura, e com a gradual aposentadoria de seus perseguidores, que os negros livres, aos poucos, desconfiados, foram saindo de suas tocas e começaram a descer para o leito principal. Assim, às margens do Guaporé, os quilombolas fundaram vários arraiais. Entre eles, Pedras Negras... o longínquo ponto final da ambulancha.

Do atracadouro de madeira, rodeado pelas rochas emersas que inspiraram o nome à comunidade, subimos um lance confortável de degraus. Na parte alta do barranco ribeirinho, que os primeiros quilombolas por certo escolheram pela vantagem panorâmica oferecida aos seus sentinelas, desde longe, a torre da igreja já acenava aos visitantes. Com mais de um século de badaladas para São Francisco, o sino figura ao lado de uma também centenária mangueira, cuja sombra abriga o cochilo dos vira-latas e o tricoteio das comadres.

Ano após ano, como vassourinhas de arqueólogo, as havaianas dos moradores gastaram o chão de Pedras Negras, fazendo aflorar as histórias mais profundas sobre as quais a comunidade está assentada: bastam poucos passos pelos caminhos mais acessíveis e já tropeçamos em cacos de cerâmica indígena. Pontas de ossos aparecem em porções, acondicionadas em urnas funerárias. Há mais corpos embaixo da terra do que sobre ela: além dos defuntos deixados pelos inquilinos originais, os cerca de noventa habitantes de Pedras Negras cultivam seus próprios mortos. Todos eles, aliás, profanados em seu descanso eterno por um incêndio recente, que teria chamuscado as carcaças quilombolas, não fossem os sete palmos regulamentares que separam o fundo das covas de suas lápides. Além de sufocar os vivos com sua fumaça, o inverno seco faz queimar também os cemitérios.

Caminhando ao largo das sepulturas carbonizadas, seguimos adiante pelas trilhas arqueológicas, até o endereço onde o primeiro paciente do dr. Raul trabalha o chão:

— Boa tarde, Seu Julião!

Depois de passar agachado entre os fios da cerca, com cuidado para não rasgar o jaleco no arame farpado, dr. Raul reconhece um tamarindeiro ("Bom para soltar o intestino"), desvia dos monturos de mato e vai se aproximando do senhor de 84 anos, um preto velho curvado sobre a enxada, roçando descalço:

— Venho só de manhã. Hoje que inventei de capinar à tarde. Vi o sol um pouco frio, falei: "Vou aproveitar".

O médico pergunta sobre os remédios, prescritos na consulta anterior, e assunta eventuais queixas. Seu Julião agradece a Deus pela boa saúde. Em seguida, o ancião quilombola devolve o boné azul ao cabelo branco. E ajeita a camiseta surrada: ilustrações natalinas insistem em colorir o tecido amarronzado pelo uso. Seus joelhos respiram pelos rombos da calça, que ele suspende antes de sentar. O banco improvisado é fino e comprido: a sua própria enxada apoiada no chão. Dispondo-se ao exame, Seu Julião oferece o braço ao abraço apertado do aparelho de pressão:

— Dezessete por onze? Sexta-feira tava dezesseis por oito. Não sai desse pedaço, é essa medida aí.

Dr. Raul explica de novo, com pormenores didáticos, a posologia correta dos comprimidos para hipertensão. Completando a perícia, o médico investiga o cardápio de Seu Julião, erguendo com perguntas as tampas de suas panelas ("E o sal, tem maneirado? O senhor anda comendo muito peixe frito?"). Tudo para apaziguar as artérias agitadas do quilombola incansável. Que ao final da consulta se despede, com um sorriso jovial dentro do cavanhaque grisalho e crespo. E volta a laminar o chão.

Seguindo a escala de visitas domiciliares, num pulo daqui acolá, a equipe de saúde avança em seu itinerário costumeiro (ao lado do médico segue Tatiana, a enfermeira "batedeira de perna", e Cleonice, técnica de enfermagem residente na comunidade). Bem disposto e humorado, o trio de branco percorre de revés, de uma ponta à outra, todo o arco das idades: logo depois do encontro com o octogenário Julião, em poucos metros, dr. Raul dá colo à recém-nascida Nicole. Aos treze dias de vida, a menina franzina ainda não preenche os primeiros macacões, muito cor-de-rosa para pouco corpinho.

O interior do casebre é escuro, apesar das tábuas desalinhadas na parede e dos furos graúdos no teto de palha, remendados por uma lona laranja. Erguendo a oitava moradora da residência com uma das mãos, dr. Raul manobra os exames com a outra: ao sentir os dedos do médico lhe roçarem a planta dos pés e o espinhaço, Nicole se contrai, obediente aos seus reflexos natais. Em seguida, o médico cubano se dirige à mãe, em seu idioma materno:

— *Mientras más pecho tú le das, más leche te va a sacar.*

Como Nilza Mercado, a genitora de Nicole, muitos outros bolivianos atravessam de canoa o Rio Guaporé, trazendo suas dores ao posto de saúde de Pedras Negras e voltando para casa com as fórmulas do tratamento, em geral, comprimidos de cloroquina. Andrade, o piloto da ambulancha, que ao percorrer as comunidades ribeirinhas também cumpre expediente como técnico de laboratório, já havia me contado: com a melhoria das instalações sanitárias nos últimos anos, e a aplicação ostensiva do fumacê nos criadouros do mosquito, entre os quilombolas os casos de malária são cada vez mais raros. Já nas lâminas dos bolivianos que vêm testar o sangue na margem brasileira, com frequência o *Plasmodium* faz pose para a lente do microscópio. Mesmo diante das estatísticas favoráveis, no entanto, dr. Raul prefere prevenir, e recomenda o uso do mosquiteiro sobre o berço de Nicole (*"Para que los bichos no piquen su piel"*). E quando a pequena volta a adormecer, acalentada pelos maiores sucessos de Leo Magalhães pirateados em CD, o médico cubano retorna à parte alta da comunidade, onde Dona Aniceta costuma recebê-lo.

Na varanda da casa de madeira, agachado diante da paciente sentada, dr. Raul cumpre a anamnese de praxe. Depois de auscultar-lhe os pulmões (confirmando a vitória dos antibióticos sobre a broncopneumonia), apalpar-lhe as canelas (já menos inchadas) e bombear o relógio de pressão (quinze por dez), solidário aos meus interesses de escritor, o médico pergunta à matriarca de Pedras Negras sobre suas origens. A história, no entanto, parece ser página em branco, mesmo na cabeça branca dos mais velhos. Dona Aniceta só sabe dizer que seus pais vieram de Vila Bela, o arraial projetado pelos portugueses para ser a capital da Capitania, nos anos áureos da mineração. Entre meus interlocutores, os causos sobre o tempo do cativeiro são infrequentes e vagos, como se os negros antigos, fugindo dos capitães do mato, e querendo se livrar também do estigma que os perseguia, houvessem apagado, no decorrer das gerações, as pistas para as suas próprias memórias (nada mais eloquente, como metáfora, do que a imagem de um cemitério queimado).

Uma exceção ao esquecimento é Dona Catarina. Para receber a comitiva médica, a negra corpulenta, de 74 anos, enxuga as mãos num pano de prato e sai, a passos curtos, de dentro da cozinha limpa, ofuscante de panelas areadas.

— E a dieta, a senhora tá cuidando?

— Alimentação não falta não, meu filho. Eu tenho alimentação, graças a Deus.

Na sala, a tela plana da televisão reflete a blusa florida e a bermuda de chita de Dona Catarina, que senta ao lado do dr. Raul no sofá de três lugares protegido do pó por um lençol da Branca de Neve. Esgotados os assuntos relacionados à insuficiência cardíaca, aos edemas nos membros inferiores e à pressão arterial (quinze por nove), a prosa envereda para um caso antigo:

— Quando eu era pequena, menina assim, chegou uma velha dali de Santo Antonio, onde moravam os escravos. Ela foi e disse pra minha mãe: "Eu tenho uma coisa pra mostrar pra você. Amanhã, quando a gente for panhar arroz, não leva as meninas não, só vai nós duas".

Dona Catarina conta que ficou em casa, e aguardou até a noite, se roendo de curiosidade. Depois do jantar, na penumbra da cozinha, a menina interpelou a mãe quanto às reservadas confidências da velha:

— Ah, minha filha, ela conversou muita coisa. Mas não vou contar não, que amanhã você comenta com todo mundo lá na escola.

Foi só à custa de convincentes juras de sigilo que a mãe revelou à Catarina o segredo que lhe fora confiado. Era o seguinte: debaixo da saia, marcada em sua "polpada", a velha escondia a cicatriz de um número quatro. A menina suspeitava, mas quis confirmar:

— E como é que foi feito esse número quatro, minha mãe?
— Foi com ferro, minha filha. Ferro quente.

No rastro das histórias quilombolas, eis que, na sala de Dona Catarina, o passado dá algum sinal de pulso.

Depois da conversa, levantando-se para as despedidas, dr. Raul explica outra vez os itens do receituário e deixa sobre a mesa cartelas novas de Losartana, para a continuação do tratamento. Vagarosa, a anfitriã arrasta os chinelos, conduzindo os visitantes até a porta: uma distância considerável para quem, há pouco tempo, estava amarrada à cama pelas correntes do reumatismo. Já à saída, ao saber das férias do médico, que na semana seguinte viaja a Cuba para visitar a família, Dona Catarina logo trata de lhe fazer uma encomenda:

— Algum remédio, doutor. Mas remédio bom. Que é pra eu ter de volta os meus passos largos.

Cumprido o bate-pernas programado, no quarto da pousada em que costuma se hospedar, dr. Raul desveste o jaleco, guarda o estetoscópio e conclui, por hoje, o atendimento em Pedras Negras. O sol ainda rende, o suor me besunta. Então, cobiço o rio. Em troca do mergulho, até encararia os piuns, atiçados pelo fim da tarde. Mas acabo me resignando ao chuveiro, ao saber da voltagem das águas: este remanso convidativo, logo à entrada da comunidade, é aquário de peixes elétricos.

Há, entretanto, espécies bem mais atraentes nadando ao lado dos poraquês. Em frente à Pousada 14 de Julho, um cartaz turístico dá destaque ao pescador todo paramentado, que estica para a foto um sorriso tão parrudo quanto o surubim em suas mãos. Atraídos pela fauna submersa no Rio Guaporé, grupos organizados de todo o Brasil vêm molhar seus anzóis nestas águas. Para bem receber o fluxo de visitantes, as duas pousadas comunitárias de Pedras Negras investiram em serviço e estrutura: além dos quartos com ar-condicionado, a gerência oferece a seus hóspedes a conveniência de um píer, atendido pelo solícito Gabriel, que vai e volta equilibrando latinhas de Skol numa bandeja de plástico. De folga dos instrumentos clínicos, dr. Raul empunha sua vara de pescar. A noite, no entanto, é de lua clara: boa para paisagem, ruim para pesca. Daí que, ao final de três cervejas, o médico cubano tenha fisgado um único prêmio: a piranha que lhe cortou dois anzóis.

Na manhã seguinte, bem cedo, descemos o Guaporé de ambulancha, no caminho de volta à cidade. Depois de três horas de rio, um carro da prefeitura nos aguarda em terra firme. Ao volante, levantando poeira até o centro, Arildo Souza resume os números de sua carreira de motorista a serviço da Secretaria de Saúde: ao todo, contabilizando apenas os socorridos que expiraram no interior da ambulância, foram vinte e uma mortes sob sua direção. Além de um parto natural, que trouxe à luz um menino, atenuando assim o saldo mórbido de sua CNH. Em posição privilegiada para tratar do assunto, Arildo analisa empiricamente uma série histórica de dados, colhidos de sua própria experiência. E então conclui:

— Hoje, o que mais mata é moto. Alguns anos atrás, era motosserra.

Faz pouco que os primeiros desbravadores aceitaram o convite da ditadura, empacotaram suas vidas, deixaram suas regiões e vieram misturar seus sotaques em Rondônia. Logo à chegada, no entanto, os novos colonos descobriram que suas glebas na Terra Prometida custavam bem mais que o anunciado. Muitos lenhadores deitaram junto com a floresta que derrubavam, ora mutilados por alguma traição da motosserra (como lembra Arildo), ora atingidos pelos galhos enormes que choviam das árvores, ora esmagados pelas toras que rolavam de cima das carretas. Os mosquitos e os tiros zumbiam, fatais, pelos ares da mata desvirginada. Nos garimpos, as jazidas de cassiterita engoliram vários de seus bolinadores. Em operação de guerra, os médicos manejavam bisturis sobre macas rústicas, em centros cirúrgicos cobertos por lona plástica, improvisados no meio da selva. Dos bêbados e presidiários se coletava sangue para reidratar os mutilados. Enquanto isso, a pleno vapor, as serrarias fatiavam troncos de cerejeira para mobiliar os lares recém-estabelecidos.

Hoje, à entrada de São Francisco do Guaporé, quando a floresta se recolhe ao horizonte, cedendo lugar às pastagens, Arildo compara as épocas. Sobre a pista de asfalto, o motorista recorda, sem saudades, as treze horas que costumava gastar até Porto Velho. Ao custo de muitas vidas, aos poucos, na marra, os pioneiros domaram o inferno verde:

— Hoje, isso aqui é o paraíso.

Atravessando a cidade, estacionamos em frente à casa do dr. Raul. Nem bem chegado de Pedras Negras, o médico cubano já se prepara para outra partida: em quatro dias, passará a contar seu mês de férias. Para completar a bagagem que levará a Cuba, dr. Raul me pede as fotografias que acumulei no seu encalço. Enquanto despeja a memória da minha câmera em seu notebook, abrindo pastas meticulosamente organizadas, o médico clica duas vezes sobre um arquivo, repetindo o caso que me contara a bordo da ambulancha: ampliada na tela, surge a cabeçorra emersa da onça pintada, cruzando a nado o Rio Guaporé. A mesma imagem que, muito em breve, brilhará sobre a mesa da cozinha dos Ortigoza, como prova da vida selvagem que corteja o dr. Raul em seu caminho cotidiano ao trabalho. A foto da onça causará impressão em Cuba.

Antes disso, no entanto, o avião terá de atravessar a densa camada de fumaça que paira sobre Rondônia.

O MÉDICO E A REZADEIRA
Poço Redondo, Sergipe

Zefa tinha dez anos quando começou a vestir os mortos. Expirasse alguém naquele sertão do Sergipe, aos pés da Serra da Guia, e logo mandavam chamar a menina, versada em sabedorias fúnebres. Depois de lavar o corpo desalmado, e cobri-lo com o traje derradeiro, Zefa ainda abençoava o defunto, oferecendo-lhe palavras úteis à travessia. À parte um ou outro exemplo dos pais, ambos benzedores de ramo, quase todo serviço lhe ocorreu por natureza, sem lição de ninguém:

— Foi uma luz que eu recebi.

Com tal dom, precoce e divino, a rezadeira mirim logo transcendeu os velórios: além das despedidas aos falecidos, com onze anos de idade Zefa passou a cuidar também dos trâmites inversos — as boas-vindas aos recém-nascidos. Um acaso iniciou a menina no novo ofício. Aconteceu certa noite: com a barriga madura, a vizinha gemia os alarmes do nascimento. Ao lado da gestante, empunhando o gargalo de uma garrafa aberta, uma parteira veterana, bem reconhecida na comunidade, tomava de golada as primeiras providências: conforme o costume da época, o trabalho de parto era regado a cachaça. O incomum foi que o filho demorou mais que o previsto para se desaconchegar do interior da mãe. As contrações se prolongaram, sem expelir criança alguma. De modo que a bebedeira entrou pela madrugada. E logo passou da dose: horas depois, ao amanhecer, quando enfim acordou daquele pileque fundo, a parteira encontrou seu serviço todo pronto — o rebento nascido, com o umbigo cortado, banho tomado, embrulhado nos panos, sugava tranquilamente sua primeira refeição no seio da mãe. Até a placenta já estava enterrada. Tudo bem feito pela moleca benzedeira, que no meio da noite acudiu sozinha os gritos da vizinha desamparada, e começou assim sua longa carreira: hoje, aos 71 anos, Dona Zefa da Guia contabiliza mais de cinco mil partos assistidos. E segue ativa, no pleno vigor da saúde, fiel à missão que os céus lhe confiaram: pegar menino, velar os mortos e rezar no povo.

Para pedir a benção à matriarca, depois do voo até Aracaju, envered0 por mais três horas de distância sertão adentro. Ao chegar em Poço Redondo, no interior do Sergipe, estico mais quarenta e cinco quilômetros, do centro do município à zona rural, tropicando o carro alugado nos buracos da estradinha cascalhada que rasteja em meio à paisagem espinhenta, nos arredores da Serra da Guia. Viajante antiquado, sem as muletas do GPS, tateio o caminho. A cada raro vulto que emerge da poeira, em geral alguém sobre lombo de moto ou cavalo, baixo o vidro, coloco para fora um aceno e aproveito para renovar a confiança na minha direção. De boca em boca, alcanço meu destino: nestas redondezas, só não conhece Dona Zefa quem ainda não nasceu.

— Vamo entrá, meu irmão. Que o sol enjoa.

Desde cedo, à sombra da varanda, os tocadores já estão afinados soprando seus pífanos, um fazendo a terça do outro, com a caixa e o zabumba na retaguarda. Chego à comunidade em ocasião especial: a tradicional novena do Padre Cícero que Dona Zefa promove, religiosamente, no último sábado de todo novembro. A casa pequena da anfitriã estufa de devotos. Quem chega vai logo afundando um caneco de metal dentro de uma das três moringas de barro, à disposição das goelas áridas, no canto da sala. Encostada numa das paredes, em meio a flores de plástico e pompons de papel laminado, uma estátua do beato cearense figura solene num altar improvisado sobre o rack onde, nos dias comuns, é a televisão que costuma ser venerada. Na cozinha, as mulheres catam feijão e temperam nacos de carneiro. Aproveitando uma brecha no receptivo, Dona Zefa leva um balde d'água à pocilga, para enlamear um pouco seus porcos.

— A gente aqui comendo e bebendo, e os bichinho morrendo de sede.

Enquanto isso, no terreiro, depois de expor suas guloseimas no porta-malas aberto do carro, o vendedor de doces organiza as crianças da comunidade em fila, e então distribui, como doação, dois caramelos e um piparote por cabeça. Na barraca de lona ao lado, arriscando seus centavos, os moleques mais certeiros se lambuzam com chocolates derretidos, que eles derrubam do tabuleiro com a espingardinha de pressão. O chão vai acumulando os despojos do festejo: papéis de bala, pacotes de bolacha recheada, palitos de picolé, latas de refrigerante. Exaltados em meio àquela alegria turbinada com aromas artificiais e açúcar refinado, dois meninos se engalfinham. Agreste, o corpinho a corpinho se acirra. Até que Dona Zefa aparece brandindo uma vassoura, e a rinha logo dispersa. Com a paz reinando novamente em seu quintal, a senhora irrequieta refaz o rabo de cavalo com uma presilha rosa. Ajeita o vestido florido. E lembra da própria infância:

— Eu era muito espevitada. Muito dançarina. Chamava mesmo a atenção. Rapaz chegasse eu já perguntava quem era. O povo chamava de doida. Era estrela mesmo que me iluminava.

Entre seus folguedos pueris, a parteira precoce e rezadeirinha já experiente àquela altura, depois de autoiniciar-se nos assuntos dos espíritos, adiantou-se também nos compromissos de mulher: aos onze anos, Zefa estava de casamento marcado.

Depois de assentir ao pedido de Antonio Piaba, o noivo, Seu Maneca Bengo não poupou vintém para as bodas da filha. Por conta do carisma irresistível e da honestidade inviolável, mouco e cego de um olho, o pai de Zefa era muito bem visto na praça. Fazendo uso do bom nome, Seu Maneca amealhou o crédito de que dispunha nas bodegas de Poço Redondo, além de investir seus próprios porcos e criações no esposório da caçula temporã, que Dona Gabriela parira aos 50 anos, depois dos outros seis. Às vésperas do evento, sobravam farturas. Os preparativos alvoroçavam a família, a comunidade toda.

Ia haver a festa.

A noivinha, entretanto, matutava seus poréns. Os recatados encontros pré-nupciais só lhe reforçavam o pressentimento de que o futuro marido talvez fosse um sujeito apagado demais para fazer par com sua estrela. Depois de meses de namoro, sem ousadia nem para pegar-lhe a mão, Antonio Piaba só conversava de longe, insistia nas solenidades, e seguia tratando a menina por "Dona Zefa". O tempo passava, e a intimidade do casal empatava de crescer. Do alto da experiência, a mãe e as comadres aconselhavam paciência. Um tanto contrariada, Zefa foi levando.

Até o dia da cerimônia.

O caso antigo de Frebona, índia brava que foi caçada a dentes de cachorro e depois amansada para amasiar-se com Francisco, talvez tenha fervido no sangue da menina. Duas gerações mais tarde, sua ancestralidade mostrava as garras outra vez, resistindo a ser domada. O fato é que, diante das incompatibilidades com o noivo, como se vingasse a história da avó indígena, a neta acaboclada renegou o casamento a contragosto. Assim que chegou à porta da capela cheia e toda enfeitada, Zefa desenlaçou-se do braço do pai. Virou as costas para o vigário atônito. E deixou Antonio Piaba para sempre ali, sozinho, no altar.

— Na hora eu não quis. Vim m'embora. Foi lindo.

Aproveitando o ensejo, ainda sob a poeira levantada pela surpresa geral, outro pretendente externou em público seu amor pela noiva arredia, e propôs-se a substituir o noivo rejeitado. Zefa foi taxativa:

— Coisa oferecida ou tá podre ou tá moída. Essa semana eu não caso com ninguém.

Além de recusar o novo compromisso, a menina devolveu todos os presentes que havia recebido dos convidados. Sem outro meio diante da turra da filha, Seu Maneca Bengo considerou o investimento já comprometido na festa armada. Fez as contas. E achou por bem reverter o prejuízo e a decepção numa inesquecível alegria. Foram dois dias e uma noite de um arrasta-pé sem precedentes. Zefa varou o tempo, sem almoçar nem jantar, só dançando.

— Como se fosse mesmo uma despedida.

Poucos meses depois, enfim, apareceria o eleito. Voltando de uma festa de Santo Antonio, com o facheiro aceso abrindo o caminho noturno, Zefa contou primeiro à Dona Gabriela:

— Mãe, tô namorando com Alexandre. Parece que vou casar com ele.

— Você, minha filha, tenha juízo! Não tem nem um ano que você fez aquela doidiça!

O pai, por outro lado, deixou-se amaciar pelas juras de Zefa, que demonstrava um agrado sincero pelo moço, e se comprometia a não repetir o rompante prévio. Assim, combinou-se o enlace entre a menina e o caçula do velho Manoel Rosena, quilombola de estirpe. Seu Maneca só exigiu celeridade:

— Que rapaz na minha casa não alisa banco.

Josefa Maria da Silva contava doze anos e três meses quando saiu da casa dos pais e foi morar com Alexandre Bispo dos Santos numa tapera de palha, aos pés da Serra da Guia.

(Nota fuxiqueira: um ano após ser largado no altar, Antonio Piaba casou-se com uma prima de Zefa. "Esse homem batia tanto nessa mulher", dizem certas línguas, destiladas à boca miúda. Hoje, seis décadas depois daquele épico pé na bunda, viúvo, Piaba às vezes aparece na casa de Dona Zefa. Senta para almoçar com Alexandre, com quem mantém uma relação morna. Mas não deseja nem bom-dia à ex-noiva).

Recém instalados no ninho rústico, o novo casal logo multiplicou-se à família. Bem combinados como parelha, durante o período inicial do matrimônio, Zefa e Alexandre tiveram de resistir a uma penúria renhida. Com a espingarda a tiracolo, o marido subia as ladeiras pedregosas da serra à caça de rolinhas, preás e tatus, enquanto a esposa voltava com um pouco de água do Boqueirão para reidratar o choro dos filhos pequenos, que ficavam esperando na rede.

— Sofri sete anos de fome. Da vista azular.

Então, como quase todo homem da comunidade, Alexandre foi trabalhar alugado. No domingo, ele saía a pé. Cumpria a lida. E só voltava no sábado, trazendo o dinheiro com que a família comeria durante a semana seguinte, na sua ausência. Com alguma frequência, ao chegar em casa, Alexandre constatava que o salário da vez tinha mais uma boca para alimentar: à revelia do marido, além dos rebentos naturais do casal, Zefa não resistia ao desamparo alheio e vira e mexe voltava de algum dos inúmeros partos que assistia trazendo consigo para a palhoça uma criança mais pobre que as suas. Ao todo, foram vinte e três filhos: cinco legítimos e dezoito de criação. Com recursos estagnados para suprir a prole inflacionária, era a fé de Zefa que multiplicava as latas de leite Glória. Por algum milagre, a conta sempre fechava.

— Deus dava o total.

Em agradecimento às pindaíbas superadas e às graças alcançadas, Dona Zefa da Guia há muitos anos faz questão de celebrar regularmente sua devoção. A novena ao Padre Cícero é um destes compromissos sagrados. Já é uma tradição: depois do almoço farto servido aos convivas ("As festa de pai era como essa minha aí: comestivo mesmo"), e quando o sol começa a alaranjar, os rojões assustam os jumentos, que fogem no trote, enquanto a anfitriã exorta os romeiros ao calvário:

— Tá na hora, gente! Bora subir!

A estátua do Padim é então retirada do altar na sala e vem para fora junto a uma cruz de madeira, embrulhada com crepom rosa. Carregando seus talismãs, a procissão mete os pés no dorso da Serra da Guia.

Encontro lugar num vão da marcha e subo entre os sertanejos, arfando pela trilha estreita, íngreme e sinuosa. Agarrado a galhos secos, tomo impulsos morro acima. Minhas canelas roçam espinhos, enquanto vacilo sobre pedras soltas. A certa altura, sou ultrapassado por um rapaz ágil, apesar de seus passos tortos: com os pés recurvados para dentro, ele tem pressa para alcançar o alto e agradecer o milagre, intermediado pelas rezas de Dona Zefa, que o libertou da cadeira de rodas. Adiante, um senhor de 88 anos escorrega numa lajota empoeirada, ganhando escoriações no antebraço. Para não sucumbir ao mal-estar que começa a lhe chacoalhar o corpo, o velho engole um comprimido, aproveitando o gole d'água que lhe oferecem. Escorado no remédio para hipertensão e nos ombros dos mais jovens, ele insiste em subir.

Até que, enfim, a pirambeira perde seu ímpeto e a procissão alcança seu destino: uma capelinha azul, avizinhada do céu.

Lá em cima, os romeiros tiram *selfies* ao lado do rapaz dos passos tortos que viera à minha frente, tratado por "aleijadinho" e congratulado por sua proeza. Enquanto isso, quem termina de chegar, repetindo o gesto de seus antecessores, planta ao lado do templo celeste alguma pedra retirada do árduo caminho até o topo. Mineral sobre mineral, há mais de trinta anos, a tradição tem feito crescer um morrote, saliência inventada pelos devotos, uma discreta corcova no cume da Serra.

A fé cria montanhas.

E assim, quando os últimos concluem a subida (entre os quais o tal senhor, hipertenso e resiliente), Dona Zefa prossegue a cerimônia, com o Padre Cícero no colo:

— Nós agradecemo a Deus e ao Poder, pelo sol que nasce e a lua que gira. O brilho das estrela. A sombra das nuvem. E o abalo do vento.

Encerrada a prece conjunta, ao Amém do Pai-Nosso, os romeiros acompanhamos o sol, que também desce.

Dois dias depois, a novena do Padre Cícero ainda rende suas resenhas entre os moradores da comunidade. Aqui e ali, o povo comenta o destino do carneiro sorteado no bingo. Os dotes do capão arrematado por cento e oitenta reais no leilão. O bailado de jagunços do grupo de Maneiro-Pau. Os excessos etílicos dos bebuns de sempre. Os novos casais empareados no lundu que se seguiu à missa celebrada por Frei Enoque. E até as gafes litúrgicas...

— Zé Manolo errou o bendito duas vezes. Já tá broco.

Dona Zefa, que mal teve tempo de descansar da labuta toda como anfitriã da festa, já incorpora de novo sua habitual altivez e se enreda às voltas com os preparativos de outro evento: há que terminar de varrer o terreiro, recolher o lixo, preparar o almoço e limpar as duas casas que no final de semana abrigaram romeiros, e hoje servirão de base para a equipe do dr. Sael Castello Caballero, que vem prestar atendimento na Serra da Guia.

Trabalhando desde 2013 na zona rural de Poço Redondo, aos 51 anos, o médico cubano é um profissional experimentado em lonjuras. Apontando para o mar como o Farol de Maisí, que pisca na Baía de Guantánamo, sua província natal, dr. Sael partiu pela primeira vez do sul da ilha para ficar vinte e um dias atracado na Nicarágua, a serviço. Em sua segunda missão internacional, entre 2005 e 2006, o cubano conheceu o Mar Vermelho, numa longa viagem rumo ao Chifre da África. Sob o peso dos quarenta e cinco graus que habitualmente pairavam no ar seco da Eritreia, dr. Sael dedicou cuidados a centenas de pacientes soropositivos. Mais tarde, em 2011, voltando ao continente ancestral, o médico cubano viria a trocar seu país, rodeado de água por todos os lados, por outro, sem saída para o mar: no interior do Mali, dr. Sael testemunhou um golpe de Estado, capítulo de um imbróglio ferino envolvendo militares amotinados, radicais islâmicos e separatistas tuaregues. Esgotadas as condições políticas para o serviço humanitário, junto com outros estrangeiros, o médico teve de voltar mais cedo para casa. Mas não ficou em Cuba por muito tempo: menos de um ano depois de retornar do Mali, dr. Sael se despediu novamente da mulher e dos três filhos, e foi reencontrar suas raízes africanas. Dessa vez, numa comunidade quilombola no sertão do Sergipe.

Dona Zefa cumprimenta o negro de jaleco branco, caprichando no aperto afetuoso com cheiro no cangote que costuma dedicar a quem chega. Emaranhado no abraço da rezadeira, o médico alonga o sorriso vasto que cultiva sob o bigode. Cumprem-se as cordialidades iniciais do encontro, todos vão bem. Aproveitando uma deixa, com os dois ainda de mãos dadas, me intrometo no assunto e peço que me contem o caso do parto que conduziram juntos. Um parto "perigoso", segundo Dona Zefa...

Em seu expediente costumeiro (quando não sai para visitar alguma comunidade), dr. Sael atendia no posto de saúde de Santa Rosa do Ermírio, um distrito de Poço Redondo. Era um dia comum do consultório: as conversas com os pacientes, os exames físicos de praxe, as prescrições habituais. Até que o médico cubano foi convocado para uma urgência obstétrica: além das águas da barriga, a grávida vertia sangue. Recorrendo ao prontuário pré-natal da gestante, dr. Sael logo concluiu que o feto estava condenado por conta de uma anomalia congênita. Restava conter a hemorragia que poderia decorrer daquele aborto espontâneo. E salvar a mãe. Acontece que já não havia tempo nem ambulância disponível para uma transferência ao hospital. Foi então, em meio às tensões crescentes daquele lapso de alternativas, sem ser chamada, a mando apenas da Providência, que Dona Zefa chegou ao posto de saúde. Como acontece com certa frequência, pela falta de transporte público regular que alcance a Serra da Guia, a líder comunitária muitas vezes coloca o carro do filho a serviço dos vizinhos, e acompanha algum doente até Santa Rosa do Ermírio sempre que o problema transcende sua alçada de rezadeira. Naquele dia, no entanto, não seria apenas Dona Zefa a contar com o apoio do dr. Sael, mas também o contrário: ao lado do médico cubano, a parteira acendeu-se na prontidão, avaliou as condições da gestante em risco. E dispôs-se ao trabalho em dupla:

— Que não é só canivete que faz menino nascer.

Com o devido respeito pelo cabedal clínico da obstetra analfabeta ("Nunca assinei meu nome de jeito nenhum"), dr. Sael empregou todo suporte ao seu alcance, ao mesmo tempo em que Dona Zefa aplicava seu repertório de manobras e orações sobre a gestante. Dali a pouco, nas mãos da parteira, o menino ainda tomou um gole seco do clarão da vida. No tempo justo daquele suspiro, Dona Zefa aproveitou para batizá-lo. Quando o rebento partiu, como previsto, logo depois de chegar, pelo menos já não era mais pagão.

— O menino dela tava impinicado. A mãe teve relações menstruada. E o menino gerou naquela poluição. O saco dele era pra ser água, foi só sangue. A placenta era tudo machucada. Já fiz muito daquele.

Após o parto do natimorto, dr. Sael continuou a postos, na assistência à mãe. As horas seguintes de observação acabaram por convencê-lo: a mulher estava fora de perigo.

— A gente tem sorte de ter Dona Zefa. Ela orienta, comunica, ensina, procura os pacientes. A gente escuta, respeita esse jeito de trabalhar dela. Algumas coisas são antigas, é verdade, já não se usam mais. Mas eu vim para trabalhar em parceria com essa cultura. Tenho que escutar essa gente. Nesse intervalo, nessa conversa, entra uma pactuação pra cuidar das coisas daqui e também pra manter as coisas que são científicas. A nossa parte é interagir. Porque, afinal, eles querem, e nós queremos, uma melhor qualidade de vida para a população.

Com minhas perguntas, acabo atrasando um pouco dr. Sael, que pendura o estetoscópio no pescoço, para enfim começar seu expediente na Serra da Guia.

Fazia três meses que o médico cubano não visitava a comunidade. Um surto de dengue e chikungunya tem mantido o posto de saúde cheio, e sua equipe atulhada de trabalho, presa aos plantões em Santa Rosa do Ermírio. Causadas por vírus caroneiros de mosquitos, as duas doenças ganham ainda mais força de proliferar com a severa estiagem que acomete a região: por conta da seca, o povo estoca o de-beber em vasilhas, potes e cisternas, criando assim o ninho perfeito (água parada, morna e limpa) para as larvas do *Aedes aegypti*, o hospedeiro zumbidor. É a situação na Serra da Guia: durante as consultas, dr. Sael gasta boa parte do nanquim de sua fiel e viajada caneta tinteiro prescrevendo antitérmicos e analgésicos para aliviar nos quilombolas a febre alta e as dores no corpo, sintomáticas da epidemia.

(Nota árida: Tabelado e paliativo, o remédio para a falta de chuvas custa trezentos reais. Trata-se de um caminhão-pipa, particular, que traz até a Serra da Guia, por encomenda, um pedaço do Velho Chico — rio ancião, cansado. E cada vez mais magro).

Além de distribuir cartelas de comprimido aos pacientes atendidos pelo médico cubano, repetindo-lhes, didaticamente, a posologia registrada no receituário, entre outras tarefas, as enfermeiras cuidam também de vacinar as crianças, que chegam aos montes com suas mães. Um burburinho agudo logo cresce de volume, à espera das picadas da imunização. Com um orgulho incontido, Dona Zefa aponta para a multidãozinha aglomerada em seu quintal:

— Ó os afilhado.

Em seguida, a matriarca da Guia pega pelo braço uma comadre das antigas e a conduz, a passos lentos, para se consultar com dr. Sael. Aos 104 anos, Dona Joana Valentina de Jesus chegou há oito dias de Santa Brígida para prestigiar a novena do Padre Cícero:

— Vim festear!

Mordaz, a quem lhe questione a lucidez, a senhora centenária desafia:

— Quer ver se eu tô caduca? Então me dê dinheiro aqui pra eu contar.

Parente de Alexandre ("Aquele bicho feio é primo carnal meu"), Dona Joana já subiu e desceu muito "pelas ladeira desesperada" da serra, pisando de pedra em pedra, equilibrando potes cheios d'água na cabeça, bem antes do advento das cisternas.

— Era seco, seco, meu irmão. Agora tá um manjar do céu.

Hoje com a vista defasada ("O que vou fazer? Me conformo. É a idade"), Dona Joana foi testemunha ocular da derrocada do Cangaço no Sergipe. Acossado pelas tropas volantes do governo, o próprio Lampião tombou na Grota do Angico, em Poço Redondo, numa emboscada liderada pelo Tenente Bezerra. Súditos do Virgulino, dois irmãos de Dona Joana, conhecidos no vulgo por Quina-Quina e Ponto Fino, já haviam morrido na luta, meses antes do cangaceiro-mor.

— Era um tiroteio danado.

Para receber a visitante pródiga em memórias, trazida por Dona Zefa ao seu consultório improvisado, dr. Sael levanta detrás da mesa de plástico com os braços abertos:

— Oi, minha avó!

Enxugando os olhos com um lenço branco, Dona Joana reclama de um incômodo ardente, que a inunda de um choro inútil, desprovido de sentimento. O médico distende as pálpebras no rosto manchado de um século, completa a anamnese com algumas perguntas protocolares e, como conclusão do exame, recomenda à anciã uma compressa tópica, três vezes ao dia, combinada com um antialérgico. Em seguida, sem demais queixas específicas, Dona Joana se deixa apertar pelo aparelho de pressão. Ao esvaziar o torniquete, dr. Sael divulga o resultado:

— Doze por oito.

Dona Zefa comemora:

— Tá rica!

Terminada a consulta, as duas comadres se enlaçam de novo no *tête-à-tête* e tomam o caminho de volta, até a casa da rezadeira:

— O médico tem muita experiência. Pela sabedoria dele, a inteligência... É uma pessoa que tem dado a vida a muita gente. Abaixo de Deus, né? A conversa dele é muito aproveitosa.

Embora Dona Zefa reconheça e recomende, com frequência e entusiasmo, o trabalho do dr. Sael, ela própria nunca cumpriu a bateria de exames de rotina que o médico insiste em lhe prescrever:

— Repare: eu tô com cinquenta ano que tive uma febre. Eu não tenho o que o povo chama diabo de gripe. Eu chamo é catarro. É muito difícil. O que eu tenho é essa rouquiça. E uma dor aqui, no peito. Essa dor tem cinquenta e tantos ano comigo. Acho que essa é que vai me matar.

No pacto entre a fé e a ciência há uma fronteira tácita, com um contorno impreciso, mas que tanto dr. Sael quanto Dona Zefa atentam em respeitar:

— Quando é coisa de médico já mando embora. Não quero que pessoa nenhuma sofra enganada porque eu enganei. Outras vez, já vem do médico pra mim. É controlado.

Vide, por exemplo, o caso de Alexandre. Com as carnes expostas em "chaga pura", o marido de Dona Zefa foi desenganado pelos clínicos, que lhe atribuíram um irrefreável câncer no sangue. A rezadeira não admitiu os prognósticos e investiu sua estrela sobre o caso dito perdido. Meses depois, como atestariam novos exames, em virtude apenas do tratamento da esposa, a doença já não circulava mais nas veias de Alexandre.

— Curamo ele com leite de avelós e rapadura preta. A minha entidade passou pra ele.

Foi o mesmo com os dois nódulos malignos que Dona Zefa fez sumir do próprio pâncreas com beberagens à base de babosa, folhas de boa-noite e leite de amoreira. E assim também com a pernambucana que aos 41 anos, depois de mais de uma década gerando apenas frustrações com os mais variados tratamentos para sua infertilidade, resolveu se aconselhar com a renomada parteira: um porta-retrato pendurado na sala de Dona Zefa comprova os frutos do encontro — uma mãe com suas duas gêmeas. Ou então o velho decrépito que chegou sem conseguir engolir nada de manhã, pelo meio do dia já comeu alguma coisa no almoço com Alexandre e, à noite, de volta à sua casa, diz-se até que se assanhou para deitar com a esposa ("A doença dele era encosto perturbado"). Além do caso mais recente, do tal "aleijadinho", que não andava e hoje sobe a Serra da Guia sozinho. Os inúmeros testemunhos variam numa escala que vai dos benefícios mais prosaicos, passando por curas comprovadas, até roçar o nível dos milagres. Com o trabalho espiritual avalizado por resultados carnais, a reputação de Dona Zefa atrai, toda semana, uma média de duzentas pessoas em busca de alguma benção. É gente da própria comunidade, junto com moradores de outros distritos de Poço Redondo, sergipanos de outras cidades, nordestinos de outros estados, brasileiros de outras regiões e até forasteiros de outros países. A lista de procedência dos visitantes é quilométrica:

— Não vou nem dizer. Que vai ocupar seu caderno todo.

Para dar conta da demanda, ao mesmo tempo em que dr. Sael segue cumprindo seus atendimentos, Dona Zefa também veste um jaleco branco. E então me convida a entrar, junto com alguns de seus pacientes, num cômodo pequeno, contíguo à sua casa: é ali que funciona seu consultório de rezadeira.

De visível, há o altar. Os santos meditam sobre uma toalha branca de renda. Na mixórdia de imagens repetidas, entre anjos loiros e pombos divinos, as nossas senhoras contemplam, ao mesmo tempo, o primeiro e o último dos 33 anos de seu Filho: o menino na manjedoura figura ao lado do homem na cruz.

Jesus Cristo Salvador, salvais.

Depois da novena, Padre Cícero está de volta a seu posto costumeiro. Enfeitando o panteão sertanejo, um vaso de margaridas artificiais dispensa regas. Num canto da parede, emoldurado, o preto velho saboreia seu cachimbo. Fachos de sol se intrometem pelas frestas das telhas.
Outras luzes são invocadas a entrar.

As corrente, os encantado, os médium espiritual, todos os encanto que vem das aldeia, todos eles são com Deus. E eles tão purificado pra nos ajudar. E dar força àqueles que tão tombado.

Atendendo ao chamamento, os mestres chegam em fila, por cima da Serra da Guia. O Índio vem à frente da procissão invisível, apontando sua lança para o vale. Atento aos sinais das pedras, o Juremeiro indica um atalho aos seus outros vinte e seis companheiros. Logo, todos concluem a descida. Migrando de um plano a outro, os espíritos fecham sua corrente, de mãos dadas em torno da casa. É a Rainha das Flores quem destranca a porta, *com a força de Abraão e a chave de Salomão.* E depois fica de sentinela, defendendo a passagem.

Enquanto isso, lá dentro, José Boiadero cavalga Dona Zefa.

...iiichhhuu!
Pra que me chama em nome de Deus?

O primeiro paciente se adianta, posicionando sua fé diante do altar. De olhos fechados, a rezadeira enxerga o outro por dentro. Entre o que adoece o corpo e enfraquece a alma, tudo é nomeado. A voz do Bem pronuncia o inventário do Mal: *inveja, ambição, perseguição, má vontade, nervo arriado, tombado, assustado, escarreirado, inzambaiado, dor de cabeça, dor nas costas, peso nos ombro, fraqueza nas perna, trimura nas carne, arripeio, dor de dente, dor de pontada, dor de chuchada, dor de orgulho, dor molestada, inquizangada, sangue alvoroçado, sangue empalmado, sangue aguado, sangue agitado, sangue quente, sangue frio, impurezas e tristezas, moléstias e patifarias, infecção, secreção, o que racha, o que estrala, o que desce pus e corre água...*

As palavras lavam o benzido. A mão espalmada sobre a testa só faz enxugá-lo, a cada vez que desce num movimento ríspido, atirando as sujeiras à boca aberta do chão.

Sai do corpo e das tuas carne!
Sai da sombra e da fala!
Sai da réstia do caminho das estrada!
Sai da cama que se deitá!

Para reforçar a limpeza, outros banhos são receitados: *arruda, alho, sal, fumo e pinhão roxo. Pra receber Deus no coração. No investimento do renascer do ano.*

Por fim, quando todos os presentes já foram atendidos e já não há mais nada que oferecer nem esperar, cobrindo-se com as três cruzes da persignação, *o Caboclo José de Alencar vem dar por encerrado esse trabalho, em nome de Deus, que assim sej...*

Então, no abre-olhos, o Boiadeiro desmonta da rezadeira. A Rainha das Flores tranca outra vez a passagem. O Juremeiro aponta o melhor caminho para o retorno. E o Índio puxa a fila para o alto da Serra da Guia, onde os vinte e sete mestres desfrutarão de um breve repouso.

Breve, porque Dona Zefa, a menina espevitada, não se cansa de dançar.

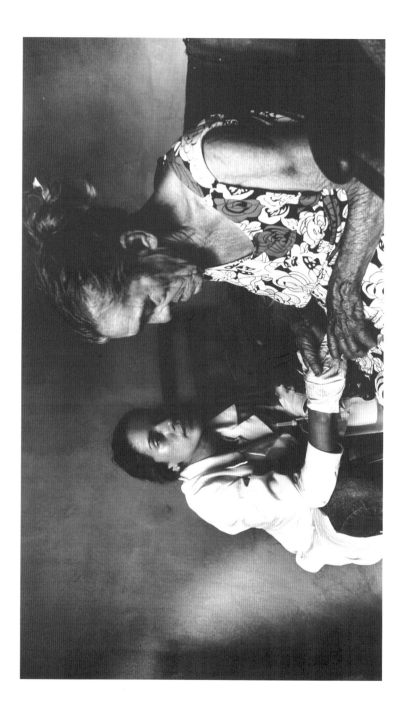

ARAQUÉM ALCÂNTARA nasceu em Florianópolis em 1951 e é um dos mais importantes fotógrafos em atuação no país. Desde 1970, se dedica integralmente à documentação da natureza e do povo brasileiro. É autor de mais de quarenta livros, como *TerraBrasil* (1997), *Brasileiros* (2004), *Amazônia* (2005), *Bichos do Brasil* (2008) e *Sertão sem fim* (2009). Premiado nacional e internacionalmente, já teve mais de setenta exposições individuais. Priorizando a fotografia como expressão plástica e instrumento de transformação social, é um dos mais combativos artistas em defesa do patrimônio natural do país. Mais informações em www.araquem.com.br.

[cc] ANTONIO LINO, 2017
FOTOS [c] ARAQUÉM ALCÂNTARA, 2016
[cc] EDITORA ELEFANTE, 2017

VOCÊ TEM A LIBERDADE DE COMPARTILHAR, COPIAR,
DISTRIBUIR E TRANSMITIR O TEXTO DESTA OBRA, DESDE
QUE CITE A AUTORIA E NÃO FAÇA USO COMERCIAL.

1ª EDIÇÃO, AGOSTO DE 2017
1ª REIMPRESSÃO, DEZEMBRO DE 2018
SÃO PAULO, BRASIL

DADOS INTERNACIONAIS DE CATALOGAÇÃO NA PUBLICAÇÃO (CIP)
ANGÉLICA ILACQUA CRB-8/7057

LINO, ANTONIO
  BRANCO VIVO / ANTONIO LINO ; FOTOGRAFIAS DE
ARAQUÉM ALCÂNTARA.– SÃO PAULO : ELEFANTE, 2017.
  252 P. : IL.

ISBN 978-85-93115-04-2

1. CRÔNICAS BRASILEIRAS 2. BRASIL – DESCRIÇÕES E VIAGENS
3. BRASIL – FAMÍLIAS POBRES – CUIDADOS MÉDICOS 4. PESSOAL
DA ÁREA MÉDICA - CRÔNICAS I. TÍTULO II. ALCÂNTARA, ARAQUÉM

17-1081   CDD B869.8

ÍNDICES PARA CATÁLOGO SISTEMÁTICO:
1. CRÔNICAS BRASILEIRAS

EDITORA ELEFANTE
WWW.EDITORAELEFANTE.COM.BR
EDITORAELEFANTE@GMAIL.COM
FB.COM/EDITORAELEFANTE
INSTAGRAM.COM/EDITORAELEFANTE

FONTES DANTE MT & AVENIR
PAPÉIS OFFSET 90 G/M² &
SUPREMO ALTA ALVURA 350 G/M²
IMPRESSÃO GRAPHIUM
TIRAGEM 300 EXEMPLARES

AS MARIAS
Araçuaí, Minas Gerais

Conta-se que quando o padre Carlos proibiu a cachaça e fechou o bordel na Aldeia do Pontal, as prostitutas subiram o rio em busca de outro paradeiro. Nem andaram muito: logo adiante, na margem direita de um ribeirão calçado com pedras arredondadas, o mulheril foi bem acolhido por uma velha mulata chamada Luciana Teixeira, dona da Fazenda Boa Vista. Ali, as meretrizes voltaram a se pintar para os mesmos clientes de antes: os canoeiros, guiados pelo rastro de perfume, vieram atrás de suas damas, dando as costas para o arraial sem graça do vigário. Animado pelos negócios amorosos e pelas transações comerciais, o novo porto logo se estabeleceu como parada obrigatória na rota dos remadores que faziam frete entre a Bahia e Minas Gerais. Assim, em torno da zona boêmia, foi ganhando corpo o município de Araçuaí.

Hoje, o rio que banha e batiza a pequena cidade mineira, encravada no coração do Vale do Jequitinhonha, já não ostenta o mesmo fluxo de outrora. Com o advento da rodovia, minguou o transporte de gente e de carga pelo leito do Araçuaí. A torrente do progresso levou os canoeiros a atracarem de vez, se aposentando do ofício. Agora, seus cantos de remar são ouvidos apenas fora d'água, no coro dos Trovadores do Vale, ou num disco do Milton Nascimento: vozes que a tradição popular toma de empréstimo, para resistir ao silêncio absoluto.

Adeus, adeus, toma adeus
Que eu já vou m'embora
Eu morava no fundo d'água
Não sei quando eu voltarei
Eu sou canoeiro

E se não restam mais navegantes, também há pouco sobre o que navegar. Embora já tenha rugido enchentes históricas como a de 1979, ano em que suas águas afogaram todo o centro antigo, hoje, domado por uma longa estiagem, o Rio Araçuaí corre manso e esquálido. A última chuva caiu há sete meses. Além das nuvens desidratadas no céu, a aridez também brota do chão: por toda a região, desde a década de 1970, a indústria de celulose vem chupando os lençóis freáticos com seus canudinhos — os eucaliptos. Daí que a dra. Diamelys Espinosa Oria atravesse tantos córregos de areia, completamente secos, em seu caminho até a comunidade dos Bois, na zona rural de Araçuaí.

O posto de saúde fica nos fundos da escola. É uma casa pequena, bem conservada, com telhas novas e janelas de metal pintadas de verde (cor em falta ao redor, na paisagem amarronzada). Dentro da cozinha limpa, a geladeira refresca algumas garrafas pet cheias de água potável. O banheiro funciona com descarga a caneco. Os dois dormitórios foram azulejados para abrigar a enfermaria e o consultório. Numa das paredes da sala, decorada com cartazes educativos, o dr. Dráuzio Varella empresta sua credibilidade a uma campanha preventiva e, com os olhos meio arregalados, numa expressão muito séria, adverte: CUIDADO! DENGUE PODE MATAR!

Luciana Vieira de Oliveira, 26 anos, agente comunitária de saúde, abre e fecha o "pôstim" uma vez por mês, que é quando a médica cubana bate ponto nos Bois. Tirando esse dia das consultas, o expediente de Luciana é lá fora, montada em sua CG Titan, moto surrada e valente, que ostenta um adesivo "Vida Loka" no tanque e mais de sessenta mil quilômetros rodados (uma volta e meia no planeta, sem sair do Jequitinhonha). Abrindo porteiras, rompendo mata-burros e varando lajedos, a agente de saúde presta visitas regulares, em sistema de rodízio, às cento e doze famílias de sua comunidade. Hoje, excepcionalmente ao abrigo do sol, a moça risonha e gentil faz as vezes de anfitriã, recebendo os moradores que chegam dos sítios junto com os estudantes, logo cedo, de carona no ônibus da escola.

— Ô, Dona Maria, sobe ali pra nós pesar.

Por volta das oito e meia da manhã, as cadeiras de plástico já estão todas ocupadas. É quando a dra. Diamelys desce do carro e se sacode dos mais de sessenta quilômetros de poeira, acumulados em quase duas horas de viagem desde o centro de Araçuaí (a comunidade dos Bois é a mais erma do município). Cumprindo sua rotina mensal, a médica cubana vai até a cozinha, toma um gole de café doce e mordisca um biscoito de queijo (receita de Dona Jovina, uma das senhoras que a aguardam na sala). Então a doutora veste o jaleco. E em seguida recebe de Luciana o primeiro prontuário do dia.

— Maria da Graça, pode entrar.

Aos 44 anos, dra. Diamelys cumpre no Brasil sua terceira missão fora de Cuba: entre 2006 e 2007, a médica trabalhou no Haiti, onde atendia emergências e conduzia partos, muitas vezes à luz de velas, dada a instabilidade da rede elétrica local — uma precariedade em meio a tantas outras, no país mais pobre das Américas. Nesse mesmo período, dra. Diamelys deixou provisoriamente seu posto no Caribe para integrar uma brigada internacional mobilizada às pressas pela Organização Mundial de Saúde em socorro às mais de duzentas e cinquenta mil pessoas desabrigadas depois da passagem do ciclone Yemyin pelo Paquistão. Vestindo um sobretudo grosso e peludo no lugar do jaleco, a cubana falante e atarracada enfrentou temperaturas negativas no hospital de campanha. Ali, durante quarenta e cinco dias, testemunhou o inominável:

— Não é nem bonito contar. Foi a coisa mais desagradável que já passei na vida.

Ao voltar para Cuba depois das duas experiências longe de casa, cansada da linha de frente, dra. Diamelys assumiu a gestão da Secretaria de Saúde de Florencia, sua cidade natal, no centro da ilha. Ficou assim, na retaguarda administrativa. Até março de 2014, quando chegou para trabalhar no Grande Sertão:

— E como tá a urina, Maria?
— Não tá muito positiva não. Tá meio vermelha.
— Tá tomando bastante água, Maria?
— Eu bebo água, mas não é todo dia. Capaz que um litro eu bebo.
— Um litro não, Maria! Tem que beber pelo menos três, Maria!
— E se não tiver com sede?
— Não importa, tem que beber.

Na recepção, debruçada sobre uma carteira escolar, Luciana preenche as fichas de controle individual, apagando desacertos eventuais com uma pincelada de líquido corretivo. Dali a pouco, Seu José tira o chapéu de couro, enquanto a agente de saúde sobe a régua para lhe medir a altura. Luana chega no colo da mãe, desconfiada, segurando firme um bispo branco desgarrado de algum tabuleiro de xadrez. Matando o tempo da espera, no meio da conversaria, alguém brinca:

— Pra baixar a pressão tem que arrumar namorado.

Maria Eduarda participa discretamente da graça, deixando escapar pelos cantos da boca um sorriso casto. Então, range novamente a porta do consultório: Dona Maria Góes se despede da doutora cubana, ajeita o coque grisalho com uma presilha preta, e arrasta suas havaianas azuis até a sala em frente, onde a enfermeira Shirley Bretas lhe entrega duas cartelas de paracetamol, atendendo a prescrição da médica, que a essa altura já atende outro paciente:

— Tá comendo muito *macarrón*, Maria?

Moisés, o bochechudo, continua a visitar todos os colos à sua disposição. Outra lactente, vincada de dobrinhas, brinca com o cartão do SUS e o RG da mãe. As crianças maiores, bem educadas, chegam pedindo a benção de mão em mão. Tendo cumprimentado os adultos, e depois de subir na balança, o pequeno Luan Souza vidra os olhos nos algarismos vermelhos do visor digital que logo arredonda seu peso: 14,350. Enquanto isso, numa sombra lá fora, duas comadres conversam:

— Quando eu casei era mês de setembro, corria um córrego ali. Mas hoje em dia as água foi encurtando, né?

— É, é mesmo. Mas e pras criação? Na sua casa tá tendo?

— Tá tendo, que nós tem cisterna. E tem uns poço do lajedo.

— Se não fosse as caixa, Nossa Senhora... É o que a gente bebe, é o que cozinha. Mas se for lavar roupa com ela não dá não.

— É, a nossa salvaguarda lá também é a caixa. Não pegou muita água porque fez ano passado, já tinha passado um bocado das chuva. Mas tá ajudando. Água alvinha, né, moça?

Concluindo a consulta com Maria Eduarda ("Pode ficar tranquila que *el* coração tá bom, viu, Maria?"), a dra. Diamelys se dirige outra vez à recepção para fazer a fila andar. É quando a médica flagra o pequeno Luan (que acabara de se pesar) muito compenetrado, com a boca cheia, futucando um pacote de Plin Chips sabor churrasco.

— Ele não pode comer isso não. Depois não vai ter apetite mesmo. Tem que comer carne e verdura pra crescer!

Já no meio da tarde, de saída, Maria de Fátima faz uma avaliação geral do atendimento:

— Lá em Padre Paraíso tem um médico que nem olha pra minha cara, dá a receita e pronto. Já aconteceu de não medir nem a pressão. Dá raiva, né? A gente que mora em roça é assim, pegar na mão, conversar. É pouca gente que entende isso. Diz: "Ah, eu sou maior. Ah, fulano é da roça". Ela não. Ela olha a gente da cabeça aos pé.

Encerrado o expediente, enquanto a equipe se ajeita para fechar o posto de saúde, as fichas de Luciana confirmam o placar final do dia: num total de vinte e uma consultas, nada menos que nove marias.

No regresso da comunidade dos Bois, depois de uma hora e quarenta atiçando o poeiral até o centro de Araçuaí, ao abrir a porta de casa, a dra. Diamelys encontra a dra. Claribel sentada diante da tevê, roendo as unhas pelo amor mexicano de Valentina e José Miguel. O casal protagoniza *A dona*, de segunda à sexta. Às cinco e meia da tarde. No SBT.

Como Diamelys, sua colega de teto e profissão, não é a primeira vez que Claribel Castro Viqueiro, a doutora noveleira, viaja a trabalho: além de uma temporada de dois anos na Venezuela, a cubana de 46 anos já liderou uma brigada de saúde na zona rural da Bolívia, onde morou entre 2009 e 2011. Três anos depois, cumprindo sua terceira missão internacional, a médica chegou ao Brasil — um país bem menos global e globalizado que aquele outro, que ela conhecia através dos folhetins eletrônicos exportados para Cuba. Por sorteio, quis seu destino: em vez do Leblon, dra. Claribel deu de cara com o Vale do Jequitinhonha.

Após quase dois anos na região, a experiência rendeu-lhe um novo hábito: nessa estação mais seca, para não sucumbir à poeira que costuma engolir pelas vicinais de Araçuaí, a médica recorre aos antialérgicos. O autocuidado é preventivo. Mesmo assim, se antecipando aos riscos, dra. Claribel continuou exposta aos acasos, de modo que não teve como evitar um abalo marcante em sua saúde, uma emergência que a derrubou da noite para o dia, ali, tão longe de casa. Foi quando retornava do Córrego do Machado: depois de cumprir o expediente na comunidade, já dentro do carro da prefeitura, voltando para o centro de Araçuaí, a médica sentiu uma fisgada estranha no abdômen. Passada a pontada do incômodo, ainda brincou com José Junior, o motorista:

— Devagar nesses buracos, Junin. Quero voltar com meus rins pra Cuba!

Chegando ao apartamento que divide com a dra. Diamelys, como de costume, dra. Claribel sintonizou a novela para desligar do batente (aquela megera da Ivana tinha um caso com Alonso!). Mas a indisposição que sentira no carro resistiu ao banho. Por falta de apetite, a médica jantou só um copo de suco. E então foi deitar mais cedo, supondo que o sono sossegaria aquela baita cólica menstrual. Durante a noite, no entanto, o diagnóstico começou a clarear...

À uma da manhã, a febre se atiçou aos trinta e oito e meio. Dra. Claribel, então, dirigiu o olhar clínico para dentro de si. Em busca de evidências sintomáticas, a cubana rastreou a própria carne, confundindo médica e paciente no mesmo corpo. Um corpo especialmente sensível na região periumbilical, com uma dor migratória, em descenso para o quadrante inferior direito, indicando comprometimento do peritônio parietal periapendicular. Completando o quadro, o ritmo respiratório tóraco-abdominal encontrava-se alterado. Além da náusea, que lhe embriagava os sentidos. Para confirmar sua hipótese, dra. Claribel firmou o polegar a cerca de cinco centímetros da espinha ilíaca ântero-superior. Em seguida, tracionou o peritônio, aplicando-se a clássica manobra de Blumberg. E ao soltar de súbito a pressão do dedo, junto com a agulhada lancinante, ocorreu à médica a certeza: era uma apendicite.

Antes de sair para o trabalho, dra. Diamelys repetiu os exames de toque, avaliou o quadro geral e confirmou a opinião da colega. Logo em seguida, a médica-paciente trocou sua cama por uma maca, dando entrada no pronto-socorro municipal. Por sorte, a infecção agudizou justamente na semana mais propícia do mês: a única em que o cirurgião atende em Araçuaí. Assim, na hora certa, o bisturi ceifou o órgão inútil que vertia pus dentro da dra. Claribel.

A convalescença contou com o apoio incondicional e a presença frequente do prefeito e da vice (também médicos), da equipe da Secretaria de Saúde, do dr. Bernardo, da dra. Ana Bely e da dra. Diamelys (os outros três cubanos em missão na cidade), e até de alguns pacientes que vieram de suas comunidades para visitar a doutora internada no hospital. A médica, tão afeita a tratar dos outros, desta vez experimentava o cuidado pelo avesso.

— Caí longe, mas fui muito bem acolhida.

Acontece que nem mesmo tanto colo aplacava a solidão da forasteira. Dra. Claribel sentia-se apequenada pela distância da família. As novelas já não lhe agarravam mais os pensamentos, lançados para longe, como sua ponte possível até Cuba. O telefone não desinflamava a saudade. A depressão espreitava. Mas a médica foi sustentando as dores do exílio. E recompôs-se bem da cirurgia. Para não se afundar demais dentro de casa, assim que pôde, dra. Claribel quis voltar ao trabalho. Logo recomeçou a atender na Policlínica, no centro de Araçuaí, poupando-se assim dos sacolejos para a zona rural, pelo menos até que o corte na barriga cicatrizasse. Foi então, quando a normalidade já ditava de novo sua rotina, cerca de um mês e meio depois da remoção do apêndice, que lhe sobreveio outro revés: em Cuba, aos 86 anos, a mãe da dra. Claribel sofreu uma queda e fraturou o fêmur.

Filha de Félix, um camponês, e Margarita, uma dona de casa, a primeira e única médica da família Castro Viqueiro recebeu licença do trabalho em Araçuaí, aprontou-se às pressas e decolou aflita, de volta à sua ilha natal. Ao chegar em Villa Clara, dra. Claribel ouviu os especialistas responsáveis pelo caso de Dona Margarita, se inteirou dos pormenores do prontuário e, optando por um tratamento conservador em vez de uma intervenção cirúrgica complexa e arriscada, tirou a mãe do hospital e foi cuidar dela em casa. A mesma casa onde, dezenove anos antes, o pai falecera, com o coração subitamente petrificado, nos braços da filha médica.

A fatídica cena se repetiria depois, ao longo da carreira da dra. Claribel, nas inúmeras ocasiões em que a urgência de uma parada cardiorrespiratória voltou a depender do seu socorro. Cada peito enfartado que a médica massageou, a partir de então, lhe traria à lembrança a reanimação frustrada do pai. Mesmo quando o desfecho fosse mais feliz:

— Salvei esse paciente, mas não consegui salvar meu pai. Por quê?

Sem resposta, a ciência ajoelha.

— O mais difícil para um médico é quando quer fazer algo por uma pessoa, e já não pode fazer nada.

É o que acontece, vinte e sete dias depois de sua chegada a Villa Clara: mais uma vez, dra. Claribel é confrontada com os limites de sua profissão. Como há dezenove anos, a filha médica tenta, em vão, esquivar da morte quem lhe deu a vida. No dia 23 de junho de 2015, sua mãe falece por complicações decorrentes da fratura no fêmur.

Pouco depois do enterro, são seus filhos, Lázaro Miguel, de 23 anos, e Yarissa, de 15, que convencem a dra. Claribel a embarcar no voo de volta, com o luto ainda fresco, deixando de novo a família em Cuba, para concluir a missão em Araçuaí.

Em frente a uma casa no Córrego da Velha, Junin estaciona o carro da prefeitura. Apesar do calor crescente dentro do Uno Mille cor de pó, sob o sol das duas da tarde, o motorista permanece ao volante. A seu lado, Claudiana, a enfermeira, também continua sentada. No banco de trás, nem a dra. Claribel nem Nirzélia, agente comunitária de saúde, se mexem para abrir a porta: ninguém quer ser o primeiro a descobrir se os cachorros estão presos.

Mas os vira-latas são mansos: apenas erguem o focinho, com uma displicência sonolenta, e então voltam a deitar sobre as próprias pulgas, na sombra ao lado do galinheiro. À chegada dos visitantes, quem ladra são os papagaios: agitado, Lorenço sobe e desce com o bico enganchado na gaiola. No poleiro ao lado, Muriquita grita seu bordão:

— Cadê o véio? Foi bebê pinga!

O "véio", no caso, é Saturnino Rodrigues dos Santos. Aparentando bem mais que seus 59 anos, encostado na casa da mãe, o filho de Dona Veralina se recupera de um acidente de montaria: quando o potro bravo disparou num pinote pela reta depois da porteira, Saturnino desagarrou da garupa do sobrinho e rachou a tíbia esquerda no baque com o chão. O osso rasgou-lhe a pele. E mesmo depois de sete meses, contando duas cirurgias para corrigir a fratura exposta, a ferida segue aberta — o que não imobiliza Saturnino, que continua a varar as cercas de arame, atravessar os pastos e rasgar os matos da vizinhança, empunhando suas muletas e arrastando com dificuldade os pinos de ferro espetados por fora de sua canela. Tudo para tomar umas, lá no Zé das Dores.

Como parte da consulta domiciliar, a enfermeira Claudiana troca o curativo sujo. Enquanto isso, ao avaliar o inchaço e a secreção que só pioraram desde a última visita, dra. Claribel repreende o paciente indisciplinado:

— Você não pode sair, não pode tomar poeira se a ferida está aberta. Quantas vezes já te falei, Saturnino?

Com a autoridade do jaleco, a médica reforça o coro cansado de Dona Veralina, já sem meios com seu marmanjo incorrigível:

— Quando é criança passa a taca neles e aquieta. Mas como é que bate num barbudo desse?

Aos 86 anos, a mãe de Saturnino conta que ficou viúva quando os filhos ainda eram pequenos. Sozinhos em casa, cuidando dos mais novos, os mais velhos enrolavam uma toalha em volta da cabeça do caçula, para protegê-lo do sol e do pó, e então levavam o recém-nascido até a roça, onde a mãe parava de bater foice para amamentar. Além de capinar para os outros, como forma de garantir a renda doméstica, Veralina assava biscoitos de goma no forno de barro. E também cardava algodão, no tempo em que as mulheres das redondezas ainda fiavam suas cobertas em tear manual:

— Ainda tenho umas três manta antiga, guardada lá em cima. Mas quando põe na cama, os menino reclama: "Vixe, que trem cascudo".

Por si e com Deus, Veralina criou os oito filhos. Hoje, vivos, restam seis, contando Saturnino. Os dois que desfalcaram precocemente a família entram na conta dos que vingaram: quando morreram, já eram casados. Somados aos próprios rebentos, na matemática maternal de Veralina, se acrescem também outros inúmeros, que a experiente parteira recebeu à luz.

— Já panhei muita criança. Se for contar, nem sei.

Dois deles são seus vizinhos. Seus netos. Dois meninos que caíram da mãe nas mãos da avó. E que, por demandarem cuidados especiais, dra. Claribel costuma visitar regularmente, logo ali, na casa ao lado.

Maria Marlene, nora de Dona Veralina, tem o sangue positivo. O do marido, irmão de Saturnino, ao contrário, é negativo. O médico disse que talvez fosse por causa dessa diferença, mas não deu certeza, nem que sim nem que não. Resta, portanto, a dúvida: até hoje, Maria Marlene não sabe bem por que é que seus outros três filhos "nasceu normal", e só esses dois é que "nasceu desse jeito".

No quarto dos meninos, a janela de madeira está aberta, para ver se o calor escapa um pouco. De fora para dentro, o sertão não dá brisa. No cômodo caiado de verde, paira um ranço azedo de urina. Pendurado numa das paredes, o rádio portátil sintoniza uma estação local. O som alto abafa ainda mais o ambiente.

Antes de entrar, dra. Claribel se detém um instante à porta. Dois meninos franzinos, com os braços e pernas afinados pelo desuso, dividem um colchão de casal. Deitados em meio a um bololô de lençóis sortidos, com cores aberrantes e estampas floridas, os filhos de Maria Marlene parecem alheios à chegada dos visitantes. Até que a médica dá um passo à frente, besuntando as mãos com álcool gel. E então, agachada ao pé da cama, cumprimenta os irmãos: Darlys, o maior, com 14 anos. E José Wilson, de camiseta do Batman e chupeta azul, com 11.

Maria Marlene se debruça ao lado do mais velho. Dra. Claribel pede licença para examiná-lo. Debaixo de suas sobrancelhas grossas, os olhos pretos de Darlys se voltam na direção da voz desconhecida. Falando perto do menino, a médica tenta se fazer ouvir em meio ao volume histriônico do rádio, que permanece ligado durante a consulta. Entre um arrocha e outro ("Volte, amor, eu não mereço esse castigo"), o locutor anuncia as ofertas imperdíveis da Farmácia Zé Vito.

Erguendo devagar a regata branca com bordas azuis, dra. Claribel encosta de leve o estetoscópio no peito do menino, com gestos delicados, para não exaltá-lo: a médica já sabe dos rompantes agressivos de Darlys. Nirzélia Souza, a agente comunitária de saúde que presta visitas regulares às famílias do Córrego da Velha (montada ora em moto, ora em cavalo), conta que, nos dias mais inquietos da casa, é possível ouvir os gritos de longe. Sem outra linguagem para expressar seus incômodos, acontece de Darlys explodir em urros e murros, muitas vezes contra si. Quando as dores de dente o atacam, por exemplo, o menino desfere socos na própria boca. Ilustrando o problema, a mãe entreabre a mandíbula do filho para mostrar a arcada manchada e carcomida, segundo ela, pelos tarja-preta que ele toma, entre os quais um anticonvulsivo. Tentando evitar que Darlys se machuque durante esses rompantes raivosos, Maria Marlene prende os braços do filho junto ao corpo com uma corda de pano amarrada em torno da cintura. Dra. Claribel questiona o procedimento. Mas a mãe argumenta:

— É frouxinho. E se eu não prender ele corta a mão, machuca a boca toda, tira até sangue. Aí no dia seguinte não consegue comer.

Contradizendo as declarações sobre seu temperamento, durante a consulta Darlys se mantém sereno, pisca devagar e parece até acalantado enquanto a dra. Claribel examina com apalpadelas a sua barriga. José Wilson, segundo a mãe, sempre mais tranquilo que o irmão, é que parece um tanto agitado: roendo a chupeta, com a mão solta no punho, o menino estica o braço esquerdo para cima e volta a baixá-lo, descrevendo um arco sobre o colchão, num movimento repetitivo e ritmado, como o aceno insistente de um boneco de pano. Depois do nascimento de José Wilson, e antes da ligadura que lacrou de vez sua fertilidade, Maria Marlene ainda embarrigou do quinto filho:

— Durante a gravidez era só chorando, com medo de vir do mesmo jeito. Dois já com esse problema. Mais um... Quem não tem medo?

Hoje, enquanto a equipe médica visita seus irmãos, aos 10 anos, Alexandre, o caçula, assiste ao desenho do Bob Esponja na sala, antes de ir para a escola.

O pai, que foi dar de beber aos animais "numa mandinga logo ali", costumava cumprir uma rota comum aos homens do Jequitinhonha: todo ano, deixava o vale e ia passar uma temporada suando longe, brandindo o podão nos canaviais de São Paulo, ou enchendo sacas nos cafezais do Paraná. Como muitas "viúvas de marido vivo", que perdiam seus companheiros para a seca e o desemprego crônicos da região, Maria Marlene criou praticamente sozinha os dois filhos mais velhos: o primogênito, casado e com um filho, conta 23 anos. O segundo, 18. Foi a partir do nascimento de José Wilson, há pouco mais de 11 anos, que o marido de Maria Marlene deixou de emigrar para ajudar a esposa nos cuidados com os dois filhos acamados. Atualmente, são os direitos previdenciários dos meninos que sustentam a casa: como auxílio social por conta de sua "invalidez permanente", cada um recebe um salário do governo. Darlys e José Wilson são os arrimos da família.

Ao longo de seus 14 anos, Darlys frequentou a Apae durante "dois ou três meses", apenas. José Wilson também, não mais que isso. Maria Marlene não aguentou carregar os meninos, que embora pequenos para a média de suas idades não conseguem se firmar sobre as pernas desmaiadas e precisam de colo para se locomover. Além do corpo inerte dos filhos, pesou também o custo do transporte até o centro (cerca de uma hora de viagem). De modo que Darlys e José Wilson passam o dia todo em casa, a maior parte do tempo deitados, olhando para o teto sem forro. Ou... quem sabe?

Talvez os dois vejam muito além das telhas.

Numa roça em Guarda Nova, Maria de Lourdes vivia rodeada pelo sem-povo. Naqueles cafundós, seu mundo era a convivência com o marido e os dois filhos, a intimidade com a terra e a cumplicidade com os bichos. Os outros eram quase ninguém. Por isso, pelo costume grande que tinha àquele recato profundo, foi como se despissem a matuta à força, quando a família toda teve de sair em busca de um lugar menos seco e veio morar na Baixa Quente, a comunidade rural mais próxima do centro de Araçuaí. Exposta à nova vizinhança, Maria de Lourdes insistia em preservar sua reclusão:

— Chegasse gente em casa eu até corria. Não ficava pra conversar.

Doutor, então, nunca tinha visto. Além da vergonha empedernida, a roceira confiava em sua farmácia plantada.

Seus remédios quem sabia era o mato. De tal maneira que, quando inchou sua terceira gravidez, Maria de Lourdes não levou a barriga para consultar. E talvez até parisse normalmente, em casa, como os outros dois. Não fosse por um avesso. Uma constatação que só veio ao seu conhecimento no hospital de Araçuaí, para onde a gestante teve de ir às quatro da manhã, pois a dor era tanta e tão diferente das anteriores. Deitada sobre a maca, logo depois de realizar os primeiros exames médicos de sua vida, em meio aos repuxos das contrações, Maria de Lourdes ouviu o doutor informando a enfermeira, enquanto desvestia o jaleco:

— A menina dela tá sentada. E eu tô indo embora. Já deu meu horário.

Com o parto de risco emergindo, um estagiário assumiu o posto vago. Ao comando do jovem de branco, Maria de Lourdes reunia em si as forças do nascimento. Que avançava. Aos trancos:

— Primeiro nasceu a polpa. Aí eles tirou uma perna. Depois tirou a outra. Depois tirou um braço. O outro. Quando chegou a cabeça, não passou. E ela ficou trocendo dentro de mim.

Eram cinco da tarde quando a menina enfim se libertou por inteiro do corpo da mãe. Maria de Lourdes pariu uma vida. Embora parecesse o contrário: Jéssica não chorou quando as mãos do estagiário puxaram para fora seu corpinho inerte. Um corpinho todo pretejado pela asfixia.

A sentença mais otimista determinava que a menina não sobreviveria a um par de dias. Ante o fiapo que a vinculava à filha, Maria de Lourdes enfrentou a própria timidez para pedir uma autorização de entrada na UTI infantil. O hospital consentiu-lhe a despedida. A menina adormecia quando a mãe se aproximou da incubadora. Abriu a portinhola. E colocou a mão lá dentro, para acariciar a testa ainda escurecida de Jéssica. Por trás da máscara cirúrgica que lhe cobria o rosto, Maria de Lourdes sussurrou sua promessa à filha:

— Se você não morrer, eu vou cuidar de você até o fim.

Hoje, aos 24 anos, sentada na varanda de casa, Jéssica liga seu notebook. Numa evolução inconstante, entre ganhos suados na fisioterapia e retrocessos impiedosos nos períodos de inatividade, a filha de Maria de Lourdes vem se empenhando em reverter os prognósticos que pesaram sobre si desde que a falta de oxigênio durante o parto sufocou parte de seu cérebro. Depois de se recusar a morrer depressa, Jéssica também se negou a viver como planta. As limitações motoras que herdou de nascença não a impedem de participar dos afazeres da casa, ajudando a mãe a lavar as roupas, por exemplo, sentada no chão, com as pernas enfiadas na bacia cheia de água e sabão. Além dessas habilidades domésticas, a filha de Maria de Lourdes desenvolveu também a leitura e a escrita, galgando formalmente uma carreira escolar: há um ano, a jovem se formou no ensino médio. Conquistas que ela agarrou à força de vontade, ao seu modo, muito particular: para compensar a insubmissão das mãos, até hoje alheias aos seus comandos, Jéssica aprendeu a manejar o mundo com os pés. E é assim, pisando com precisão sobre o teclado do notebook, que ela responde a uma nova solicitação de amizade: desta vez, é a dra. Ana Bely Martinez que quer ser sua amiga no Facebook.

O vínculo virtual estreita uma relação que começou há quase dois anos, quando a médica cubana chegou a Araçuaí para atender na Baixa Quente. Improvisado num imóvel alugado, que antes abrigava um templo evangélico, o posto de saúde funcionava bem em frente à casa de Maria de Lourdes. Há dois dias, no entanto, dra. Ana Bely passou a trabalhar num consultório com ar-condicionado dentro de uma novíssima Unidade Básica de Saúde, construída um pouco mais à frente, na entrada da comunidade. A recente inauguração aconteceu numa solenidade oficial, com discurso das autoridades locais, guerra de cascalho entre os moleques (prontamente apartada por uma enfermeira) e farofa com forró para os munícipes.

O conforto refrigerado das novas instalações não muda a rotina da médica, que continua se expondo ao abafo sertanejo para cumprir sua agenda de visitas domiciliares. No roteiro periódico da dra. Ana Bely pela Baixa Quente, ao parar na casa de suas ex-vizinhas, Jéssica acaba sendo a que menos requer seus serviços. Entre os parentes sob o mesmo teto, atualmente, é Dona Teresa quem inspira maiores cuidados. Aos 83 anos, a mãe de Maria de Lourdes bateu enxada até os 70. As décadas de cansaço, no entanto, começaram a repercutir no corpo calejado. E além disso, o tal mal...

Maria de Lourdes ainda achou graça no dia em que sua mãe, sentada no terreiro, pegou uma tesoura e começou a picotar o próprio vestido. Mais tarde viriam os surtos de generosidade: recolhendo utensílios aleatórios da casa, às vezes vasilhas, outras vezes lençóis, Dona Teresa presenteava quem passasse na rua. Maria de Lourdes ressabiou:

— A mãe não tá certa não. Não era desse jeito.

Mas foi só depois que Dona Teresa deixou de reconhecer os próprios filhos que os exames médicos confirmaram. Aqueles desvarios tinham nome: Alzheimer.

Desde então, como elo entre três gerações, Maria de Lourdes se desdobra em dois turnos simultâneos: ora ela é filha cuidando da mãe, ora ela é mãe cuidando da filha. Seus recursos são a fé no Curador ("O médico é Jesus, eu sou a enfermeira"). E o conhecimento dos remédios do mato, administrados como chás e unguentos à saúde da família. O trabalho é diuturno.

— Eu vivo pra elas.

Daí que dra. Ana Bely lhe prescreva algum alívio para as dores lombares. Nos braços de Maria de Lourdes, para amenizar as temperaturas típicas da Baixa Quente, Dona Teresa toma de dois a três banhos por dia. Jéssica também precisa se escorar na mãe. Mas cada vez menos:

— Outro dia ela ficou em pé sozinha no banheiro.

O próximo passo é andar.

— Eu falei pra ela hoje: "Se até ano que vem você não tiver andando, vamo pra São Paulo".

Buscando melhores oportunidades de tratamento para a filha, Maria de Lourdes perdeu um tanto de seu recato materno. Mas não o suficiente para encarar de frente o passado e confrontar o médico que, vinte e quatro anos atrás, bateu ponto e largou seu destino e o de Jéssica nas mãos de um estagiário.

— Justiça minha é divina. O que Deus tiver que fazer com ele vai fazer. E, além disso, eu também tenho culpa.

Os rojões explodem estrelas diurnas.

Salve, Nossa Senhora do Rosário!

No meio da rua, um dos alferes desfralda a bandeira santa diante do Rei e da Rainha. A espada também é empunhada, se exibindo à corte. O pontão de madeira, fino e comprido, cutuca o céu. Enquanto isso, ao redor da tradicional solenidade, o povo se acotovela, registrando tudo com seus celulares.

Então os tamborzeiros dão o passo e o compasso. Aglutinada ao movimento, a procissão contorna o Morro da Liga deixando para trás a casa da Rainha, que agora segue ao lado do Rei, devidamente incorporada ao cortejo. Durante a festa, a plebeia é majestade e Vossa residência, um palácio decorado com papel crepom.

Logo atrás do batuque, carregando almofadinhas rendadas, a corte mirim acompanha a marcha adulta, num percurso particularmente exigente devido às pernas curtas e aos trajes de gala, fechados demais para o sertão. As juízas vêm em seguida, protegidas do meio-dia por sombrinhas pretas. Pelo centro antigo de Araçuaí, por onde passa, a procissão preenche portas e janelas. Até que todos encostam no sopé da ladeira.

Tomando impulso, os tamborzeiros puxam o coro:

Companheiros de palma nós vamo brincá
A Senhora do Rosário mandô me chamá

Enquanto o sineiro repica o bronze, a cantoria se arrasta íngreme pelo calçamento de pedra. Por fim, lá no alto, a igrejinha acolhe os fiéis com sua simpatia em azul e branco.

Além dos pipoqueiros e vendedores de água, que aguardavam a clientela esbaforida pelo calvário, o cume do morro oferece a vista: enfraquecido pela estiagem e há muitos anos esvaziado de canoeiros, o Rio Araçuaí se esforça para completar uma curva na paisagem ressequida. No interior da igreja, quando os tambores emudecem, o vigário assume a palavra:

— O que estamos passando hoje é um grito da natureza.

Para inspirar a chuva, ao final da missa, caem pétalas de rosa sobre a terra. É quando o povo sai rezando de volta à rua, carregando a Virgem Maria num andor.

A COLÔNIA
Manaus, Amazonas

Dona Francisca via, numa das prateleiras do armazém, a lançadeira, os carretéis de linha e a bisnaga de óleo para a máquina de costura. Mas o dono da loja, do outro lado do balcão, insistia:

— Não, minha senhora. Infelizmente, não tem.

Já havia acontecido antes. A cena se repetia: na cara dura, o atendente fingia ignorar os itens do pedido, logo ali, escancarados no mostruário. Em geral, para não criar caso, ela saía sem dizer nada. Dona Francisca sabia bem o motivo daquele constrangimento: é que no juízo dos comerciantes, valia mais perder a venda do que receber da freguesa um dinheiro sujo de lepra.

A doença maculava nove dos dez filhos de Dona Francisca. Em sua casa, os únicos que restavam limpos eram Antonio e ela. Embora não padecessem da maleita, os dois acabaram por sentir na própria pele a aversão pública dirigida a seus parentes. Enquanto a lepra mutilava a prole de Dona Francisca, o preconceito deteriorava sua reputação no seringal São

Romão. Além do boicote cínico dos vendedores, os atravessadores também não compravam nada que houvesse passado pelas mãos sem dedos dos lazarentos. O jeito foi pedir ajuda a um compadre, tido por sadio, que negociou, como se fossem de sua safra, os sessenta e cinco paneiros de mandioca ralados pelos filhos de Dona Francisca. Com o dinheiro da transação terceirizada, a matriarca viajou sozinha até a Boca do Acre em busca de uma solução para seus problemas.

Alguns dias depois, alertado por um apito grave e distante, Braulino, o caçula, foi o primeiro a avistar a chegada de um batelão imponente, equipado com quatro remos de voga, que vinha descendo o Rio Purus. De longe, o menino reconheceu um dos tripulantes:

— Rapaz, é a mamãe!

Ao comando de Dona Francisca, seus rapazes carregaram o convés novíssimo, sem trinca nenhuma, com as pélas de látex colhidas e defumadas nos meses anteriores. Naquela época, segundo Braulino, "a borracha tava dando um dinheiro bala". Era o tempo da Guerra: no front, entre outras demandas, os Aliados precisavam calçar seus jipes. De modo que a carga coagulada, em alta no mercado, serviria de bom lastro para a expedição ribeirinha. A partida deu-se às pressas: quando os últimos preparativos se resolveram, Dona Francisca dispensou os festejos de despedida, juntou seus poucos pertences e foi embora do seringal São Romão levando consigo toda a família.

Com os remos reforçando a correnteza Purus abaixo, a viagem foi pingando de praia em praia. À passagem do batelão, as margens acenavam: muitos outros doentes, rejeitados por suas próprias comunidades, suplicavam carona. Além de borracha, o convés sem trincas logo se encheu daquela gente alquebrada. Em sua arca, Dona Francisca oferecia alguma salvação à espécie dos imperfeitos... Pois eis que, como no princípio, a perversidade havia se multiplicado sobre a terra. Ao se dar conta de tanta maldade, Deus sentiu um peso no coração, e se arrependeu profundamente de ter soprado vida em suas criaturas. Desta vez, no entanto, o Senhor não teve tempo de inundar tudo com sua ira: antes Dele, os homens já haviam consumado a destruição. Aos leprosos, restava apenas lamentar o mundo perdido, e se juntar a todos aqueles que, como os passageiros do batelão de Dona Francisca, vinham do interior do Amazonas. Passavam ao largo de Manaus. E então desembarcavam, compulsoriamente, em seu destino final: a Colônia Antonio Aleixo.

Ao assinar a papelada para a construção de novos leprosários no Brasil, a caneta de Getúlio Vargas descreveu um longo arco no tempo, com mais de vinte séculos de comprimento. Bem antes de Cristo ressuscitar Lázaro, o Velho Testamento já prescrevia a política do isolamento: "Alguém que se constate que é leproso deverá rasgar a sua roupa, destapar a cabeça e não se pentear, e cobrir o lábio superior, clamando: 'Impuro! Impuro!' Todo o tempo que durar a doença ele é impuro e deverá viver fora do acampamento". O fato de Jesus ter abraçado os leprosos não diferenciou o enredo do Novo Livro. Pelo contrário: salvo um ou outro cristão caridoso de sandálias, entre a piedade e o nojo, a Igreja Católica reforçou o estigma da doença como pecado e ampliou a segregação dos impuros. Do imperador Constâncio II, que ordenou que se atirassem todos os morféticos de Constantinopla no Mar Bósforo, passando pelo Papa Estevão VIII, que acabou com o direito à herança dos descendentes de leprosos, até a *Summis Desiderantes* de Inocêncio VIII, que queimou nas fogueiras da Inquisição várias bruxas que preparavam lepra em seus caldeirões, uma extensa sucessão de monarcas e pontífices se dedicou ao expurgo dos doentes com um sortido repertório de medidas profiláticas. Durante a Idade Média, São Lázaro assistiu a seus protegidos serem perseguidos, presos, torturados, apedrejados, castrados, incinerados e enterrados vivos. Rotário, rei dos Lombardos, requintou a prática oficial com uma liturgia inovadora: a partir do século VII, depois de assistirem à sua própria missa fúnebre, os leprosos eram colocados dentro de uma tumba aberta. O sacerdote então lhes ungia a testa com um punhado de terra do cemitério, decretando sua morte para o mundo (*Sis mortuus mundo!*). Concluída a cerimônia, o cadáver ambulante deveria cobrir seu corpo em putrefação com uma túnica mortuária, chapéu de abas largas, bermudão escuro e luvas. O kit funerário incluía ainda uma matraca ou sineta, que o leproso era obrigado a ressoar, prevenindo os viventes de sua mórbida aproximação. Vigente por quase um milênio, o *Separatio Leprosorum* cairia em desuso apenas no século XVI: mesmo período em que, a bordo das caravelas e dos navios negreiros, a doença chegou ao Brasil. Além do flagelo, importamos do Velho Mundo sua panaceia: aqui como lá, à parte algum tempero indígena, pelo uso de remédios da floresta (inclusive veneno de cobra), o tratamento tupiniquim dispensado aos leprosos continuou sendo, basicamente, o isolamento compulsório. Sob a tutela de ordens religiosas, construiu-se, por exemplo, o Asilo de Lázaros, no Recife. O Hospital Imperial, no Rio de Janeiro. E o Hospital dos Morféticos, em São Paulo. Por muito tempo, da Colônia ao Império, prevaleceu quase que exclusivamente a misericórdia das santas casas. Até que, com a República, o Estado passou a erguer seus próprios muros em torno dos leprosos. O país rural perdia campo para as cidades. Pautadas pelo movimento higienista, as políticas de saúde pública pregavam a desinfecção do espaço urbano. Pobres mazelentos nas sarjetas, pedindo esmola, já não condiziam com nosso ideal civilizatório: queríamos viver em Paris, mas aqui nos trópicos. A Polícia Sanitária foi para a rua. Isolar os doentes era uma forma de preservar os sadios. Por todo o território nacional, os portadores do mal de Lázaro eram conduzidos a locais afastados onde a lepra ("a filha mais velha da morte", na expressão do sanitarista Oswaldo Cruz) pudesse concluir, com privacidade, a sua inexorável tarefa. Assim, entre as décadas de 1920 e 1950, o Brasil contou com quarenta asilos-colônias: oitenta por cento inaugurados na Era Vargas.

Aos 89 anos, Seu Pitu é o morador mais antigo da Colônia Antonio Aleixo.

— Os cento e noventa e nove que chegaram primeiro que eu já morreram.

Pouco antes de preencher a ficha nº 200 do leprosário, Anastácio Pereira da Costa era o chapa 150 do Estaleiro Amazonas. Trabalhando na caldeiragem, aos 20 anos, o rapaz já sabia da doença:

— Primeiramente sangrava muito no meu nariz. Depois, apareceu dormência.

Confirmado o diagnóstico, Anastácio começou a se cuidar, e achou melhor não comentar nada na firma. O segredo, no entanto, logo veio à tona, descoberto por acaso, naquele dia em que cruzou com uma prima do Zé Paixão, seu chefe, justamente quando saía do posto Oswaldo Cruz, conhecido reduto dos leprosos de Manaus. A moça endureceu o dedo e apontou:

— O chapa 150 é doente.

Anastácio perdeu o emprego. Pouco depois, às cinco da manhã de um Dia de Finados, a população da Colônia Antonio Aleixo arredondou nos duzentos.

Entre os poucos anfitriões, o porte físico do recém-chegado logo inspirou o apelido:

— Pitu é um camarão grande. Tem também uma cachaça com esse nome. Mas eu só sou o rótulo: nunca bebi.

A abstinência etílica, tomada pela administração como prova de sua retidão moral, contou pontos na entrevista de emprego que rendeu a Anastácio o posto de delegado do leprosário.

Oito guardas batiam continência a Pitu. Um deles, Francisco Félix, vulgo Chico Manacapuru, conhecia o outro lado das grades:

— O senhor sabe que a pessoa quando é jovem não pode engolir boi. Fui agredido por seis homens. Foi o jeito de mostrar que eu era homem também. Fiz uma besteira lá.

Ao ser preso em Manacapuru, sua cidade natal, além de manchar as digitais na ficha criminal, o detento passou por um exame médico na delegacia: foi então que se soube leproso. Levado pela polícia, Chico Manacapuru deu entrada na Colônia Antonio Aleixo e, meses depois, redimido pelo bom comportamento, acabou passando também para o lado da lei.

Zeladores da ordem, os homens do delegado Pitu guardavam as fronteiras do leprosário. Na estrada do Aleixo, único acesso por terra à colônia, Rui Coelho anotava em sua prancheta a placa do carro, os dados dos passageiros e o motivo da visita antes de baixar a corrente da guarita. Na delegacia, todo movimento era registrado a giz numa lousa, dividida ao meio entre entradas e saídas. Contavam-se inclusive as partidas para o Além: ao ressoar das nove badaladas de praxe, anunciando outro defunto, o plantonista rabiscava uma cruz nova no livro de óbitos. E depois subtraía um habitante do total declarado no quadro negro (que chegou a somar mil quatrocentas e sessenta e duas pessoas, no ano de 1968).

A rotina também era matemática: às cinco, tocava a campainha da alvorada. Esvaziando seus respectivos pavilhões, homens e mulheres andavam até o refeitório, onde continuavam separados nas mesas reservadas por gênero e idade. Junto com o desjejum, engoliam-se remédios variáveis:

ora drágeas verdes, ora pílulas vermelhas, ora comprimidos brancos. Por tentativa e erro, a medicina buscava acertar o tom do tratamento definitivo. Os casos mais graves eram levados ao hospital. Na sala de curativos, a enfermeira Eunice Vieira passava o dia esterilizando rolos de gaze:

— No tempo das freiras era bom. Era tudo asseado.

Às quartas-feiras, depois do expediente, Eunice batia ponto no cinema. Quando não estava no conserto, o motor de luz projetava *westerns* na quadra. Durante as partidas de futebol, a enfermeira engrossava o coro da torcida dividida entre duas paixões: Favela vs. Independência era o grande clássico da colônia. Por seu apelo filantrópico, mais do que por sua importância esportiva, os jogos chegaram a repercutir fora do leprosário. Um dos torneios, inclusive, começou com um pontapé ilustre: naquele dia, Eunice tirou um retrato ao lado do Pelé. Entre uma ou outra celebridade, apareciam também caravanas de anônimos que vinham prestigiar as atrações culturais da colônia, e voltavam para casa emocionados, depois de aplaudirem a orquestra formada por músicos sem dedos. Noutras ocasiões, os doentes trocavam o palco pela plateia: aos sábados, Eunice frequentava o baile promovido pela Rádio Difusora do Amazonas. Entre os cantores convidados, numa noite memorável, o microfone do Centro Social teve a honra de amplificar a voz de Waldick Soriano. Os conjuntos embalavam os dançarinos: de um lado do salão, os sadios. De outro, os mancos. Nestes dias de festa, as freiras consentiam a recolhida mais tarde, no máximo às onze. Mas no resto da semana, assim que tocava a campainha das nove, impunha-se sobre a colônia o silêncio dos conventos. Subordinado às irmãs, como baluarte da ordem geral, Pitu arcava com o ônus da impopularidade:

— Ah, você já sabe que delegado nunca é bom, né? Ninguém gosta de autoridade.

Acima das maledicências, no entanto, pairam as estatísticas. Dentro da colônia, sob o comando de Pitu, a violência contabilizou apenas duas baixas:

— Seu Apolônio, que um doido matou. E um senhor chamado Chicão, que era policial. Mas desses policial que quer se exibir, sabe? Eu sempre dizia: "Chicão, cuidado. Aí tem gente de muita natureza...".

Deram cabo do Chicão.

No mais, os crimes eram pura marotagem: eventualmente, um contrabandista tentando violar a lei seca, ao infiltrar no leprosário garrafas de pinga escondidas dentro de melancias cavoucadas. Ou algum galinho de briga, provocando arruaças no baile. A reincidência, em casos extremos, podia acarretar até a expulsão. Mas, de acordo com a baixa gravidade das ocorrências, em geral as penas não costumavam ir além da varrição das vias públicas. Ou vinte e quatro horas no xilindró, para os topetudos esfriarem a cabeça.

Responsável direto pela segurança pública, o delegado Pitu dava as cartas no cotidiano da colônia. Em sua escrivaninha, o chefe da polícia assinava os salvo-condutos temporários, entre os quais as permissões para as viagens dos pescadores (que voltavam, vinte dias depois, carregados de pirarucus). Também era Pitu quem concedia as licenças para namorar:

os rapazes só podiam visitar o pavilhão das moças às quintas, sábados e domingos. Com a devida autorização. E sob o olhar indiscreto de um guarda.

Tantas regras, evidentemente, inspiravam violações. Depois da missa, o sacristão do padre Mário, por exemplo, pegava a bicicleta, despistava os vigias e pedalava até o Jupati, onde passava a noite com as putas. Aos 14 anos de idade, Edigilson Barroncas já se sentia sufocado pelo jugo do isolamento. Embora não houvesse muros em torno da colônia, todos se sabiam limitados por aquela fronteira tácita, que dividia o mundo dos doentes e o mundo dos sadios:

— Era uma cerca mental.

Como outras crianças deixadas pelos pais no leprosário, Edigilson passou por várias famílias. O menino relutava em chamar de lar aquelas casas alheias. E mesmo mais tarde, quando arranjou um emprego na sapataria da colônia, especializada em calçar os sequelados com próteses ortopédicas, Edigilson seguiu persistindo na insubmissão. Em reuniões clandestinas, o rapaz organizava os descontentes:

— Quando faltava alguma coisa, a gente fazia nossas grevezinhas.

Entre outras conquistas, as reivindicações afrouxaram um pouco o torniquete dos horários. E pelo menos no São João e no Natal, as freiras liberavam alegrias ao relento até as quatro da madrugada. Foi numa destas noitadas que Chico Manacapuru trocou olhares com Raimunda. Com a devida anuência do delegado, o guarda acabou casando com a moça, que ajudava tia Joana na maternidade. Direto das mãos da parteira, ainda frescos, Raimunda enrolava os rebentos para outra viagem. As crianças nascidas na colônia não alteravam os números na lousa da delegacia. Para evitar que contraíssem lepra pela convivência com os pais, os recém-nascidos eram levados imediatamente ao Educandário Gustavo Capanema, onde eram colocados à disposição da adoção. Era a lei: depois de dar à luz, as mães voltavam para casa com o colo vazio.

Foi assim... Até que, em 1978, um decreto oficial desativou a Colônia Antonio Aleixo. O governo soltava as rédeas do leprosário.

A partir de então, não soaria mais a campainha da alvorada. O refeitório não serviria mais o rancho diário. E Chico Manacapuru não contaria mais com o emprego na delegacia, que lhe rendia doze cruzeiros por mês. Para pagar as novas contas da casa (comida, água, luz...), o policial desempregado começou a plantar malva e juta. E passava uns dias fora, catraiando rio acima para vender a colheita e comprar castanha. Enquanto isso, Raimunda saía para esmolar.

— Mas não era viciada em pedir não. Queria que Deus me desse um trabalho para sair dessa vida.

Tempos depois, Deus deu: Raimunda passou a ganhar a vida a serviço dos mortos, varrendo o cemitério Santo Alberto.

Como um dos coordenadores do Morhan (Movimento de Reintegração das Pessoas Atingidas pela Hanseníase), Edigilson Barroncas seguiu contestando certas leis.

— Nós perdemos muito mais que as falanges, os membros... Nós perdemos a família, o espaço social. E tivemos que perder até a vergonha pra poder enfrentar a sociedade. Porque se você tiver vergonha, você não sai de casa.

Depois de enviuvar duas vezes, aposentado, vivendo com uma das filhas na mesma casa onde morava quando era delegado, por causa da doença, Seu Pitu ficou cego.

Para chegar à Colônia Antonio Aleixo, viajo quase uma hora dentro de Manaus. Igarapés de asfalto, com intenso fluxo comercial, me levam da *belle époque* à zona leste. O caminho ainda preserva algumas castanheiras, ruínas da floresta atropelada. Com a pressa das ocupações e loteamentos clandestinos, o povo segue esgarçando a cidade. De modo que o local escolhido na década de 1940 para abrigar o leprosário, naquela época um cafundó rural infestado de mosquitos, há muito foi engolido pelo perímetro urbano. Hoje, o bairro Colônia Antonio Aleixo, a trinta e cinco quilômetros do centro de Manaus, conta cerca de dezesseis mil habitantes. A desativação do leprosário acelerou o adensamento populacional. A partir de 1979, com o rompimento oficial do cordão de isolamento, as famílias de alguns internos se juntaram a seus parentes e vieram morar aqui. Ao longo do tempo, outros "sadios" foram se misturando à vizinhança. Manaus crescia: gente de todo o Brasil vinha buscar um emprego na Zona Franca e um teto na periferia.

Nessa leva, chegou Fran.

Aos 19 anos, a jovem saiu sozinha da roça onde torrava farinha com os pais, no interior do Pará, e veio trabalhar como empregada doméstica na Metrópole da Amazônia. Prendada nas lidas da casa, Francisca Oliveira dos Santos lavava, passava, varria e cozinhava ("Minha caldeirada é respeitada"). Com os primeiros rendimentos, a jovem assalariada logo ajeitou seus caraminguás num quartinho alugado, a duas conduções do serviço. Fran já estava instalada em seu novo CEP, na Colônia Antonio Aleixo. Só então começou a reparar nos vizinhos...

— Ninguém me preparou que quando eu chegasse aqui eu ia encontrar com eles. E mesmo que me dissessem, eu não ia entender. Na época o que eu vi era coisa muito estranha: eles todos remendadinhos, os dedinhos tudo ferido, só com as palmas das mãos. E o nariz todo que quebra... aquilo pra mim era uma coisa de outro mundo. Eu era tão ingênua que na minha cabeça eu dizia: "Essa pessoa deve de ter batido na mãe dele, no pai. E recebido um castigo".

(A lepra como punição divina: eis a potência dos estigmas que, guardados em armaduras medievais, chegam plenos de vigor ao século XXI.)

Engasgada com uma mistura de pena e medo, Fran até chorou. Mas em vez de simplesmente enxugar os olhos e mudar de bairro, a jovem doméstica quis entender o que tinha acontecido com aquela gente "estranha", marcada pelas sequelas da lepra. Puxando assunto com os mais velhos, aos poucos, as histórias que ouvia foram aproximando seu pé atrás. A tal ponto que Fran decidiu participar de alguma forma daquelas vidas. E com essa convicção, se matriculou num curso de enfermagem.

— Agora vejo que era uma missão pra mim.

À noite, depois do trabalho, Fran encostava a vassoura e empunhava a caneta. Aluna aplicada, aprofundando as informações colhidas na fonte com seus vizinhos, entre outras lições, a aspirante a enfermeira aprendeu que a lepra havia sido oficialmente rebatizada de hanseníase (uma profilaxia linguística, buscando desinfectar os portadores da doença de sua histórica carga semântica). O novo nome é um reconhecimento a Gerhard Armauer Hansen, o médico norueguês responsável por revelar ao mundo que, diferente do que pregavam as hipóteses de seus colegas e os tabus bíblicos, não se tratava de miasma, mosquito, destino nem expiação de pecado: na verdade, o causador da doença é um micróbio em forma de bastonete.

A ciência comprovou também que a hanseníase não pula de uma pele para outra através de abraços e apertos de mão. Nem pelo sangue, dos pais para os filhos. Em geral, o bacilo de Hansen troca de hospedeiro pelo ar. Mas não basta respirar o micróbio para sucumbir à sua voracidade (fosse assim, a humanidade estaria extinta há séculos, junto com os tatus, os macacos mangabeis e os chimpanzés — os únicos animais que, além da nossa espécie, parecem apetecer à doença). No linguajar técnico, a hanseníase tem "baixa patogenicidade", o que quer dizer que o indivíduo precisa ter um contato muito íntimo e prolongado com o *Mycobacterium leprae,* e depois incubá-lo por um período de dois a sete anos, até aparentar seus sintomas (em média, a cada oito pessoas contaminadas, apenas duas desenvolverão alguma forma da doença). O que determina o florescimento ou, com maior frequência, a neutralização da infecção são os ambientes dentro e fora do corpo. Por exemplo: no meio de um monte de gente mal nutrida, apinhada dentro de um casebre úmido rodeado de lixo, é certo que os bacilos chafurdem. Por isso, embora tenha acometido medalhões como Balduíno III, rei de Jerusalém, que perdeu a visão e o trono por conta da doença, ao longo da história o mais comum foi que a lepra carcomesse os pobres.

Uma vez acomodado no organismo de seu hospedeiro, depois de vencer toda sorte de adversidades físico-químicas e resistir por anos aos pelotões brancos do sistema imunológico, só então o bacilo de Hansen afia suas garras de parasita e ataca a epiderme e os nervos periféricos. A pele dá sinais do imbróglio interno: nas áreas acometidas pela doença aparecem manchas pardas e desaparecem os pelos. O suor seca nos poros afetados. Desde a década de 1980, há cura: um coquetel de antibióticos é capaz de aniquilar por completo os intrusos *leprae* no interior das células. Apenas nos casos em que o diagnóstico é tardio e o tratamento é inadequado, as modalidades mais severas da hanseníase podem, paulatinamente, atrofiar músculos, apagar olhos e mutilar membros. Além disso, como a doença compromete também a sensibilidade tátil e térmica, nas mãos dormentes de um hanseniano já sequelado (como muitos na Colônia Antonio Aleixo) uma caneca de café chega a causar queimaduras de segundo grau. Entre o fogo e a faca, preparar o almoço pode ser um prato cheio para ferimentos. Que por sua vez oferecem entrada a outras infecções...

Daí que não falte trabalho a Fran: aos 44 anos, mãe de dois filhos, devidamente formada no curso técnico, a enfermeira dedica cuidados diuturnos aos seus vizinhos na Colônia Antonio Aleixo. Seu sono é gotejado: além de uma barraquinha de lanches que mantém com o marido na praça central do bairro, a ex-empregada doméstica reveza o avental culinário com o jaleco branco, desdobrando-se em dois outros empregos — os plantões no hospital e o atendimento no posto de saúde. Pelo menos uma vez por semana, sua sala de curativos é na rua. Fran dirige o próprio carro para chegar até os hansenianos mais idosos, com dificuldades de locomoção. No banco do carona, vou com a enfermeira, acompanhando seu expediente de casa em casa. É então, numa destas visitas, que aperto a mão sem dedos de Seu Braulino:

— Antes pegava até agulha. Agora tá boa só pra bater palma.

Aos 82 anos, o caçula de Dona Francisca é o último passageiro remanescente daquele batelão lotado que em 1945 baixou do seringal São Romão para a Colônia Antonio Aleixo:

— Ah, meu irmão... Queria que você visse o tanto de borracha que nós trouxemo.

Setenta anos depois daquela viagem, Seu Braulino fala com orgulho da embarcação comprada na Boca do Acre por sua mãe:

— Não tinha uma trinca.

À época, sua apreciação não era a mesma pelos caroneiros que Dona Francisca veio recolhendo ao longo do caminho:

— O medo que eu tinha de lepra, minha irmã... Foi minha avó que me ensinou. Tá na Bíblia: Jesus curou dez leprosos. Foi só um agradecer. Por isso eu não gostava de leproso, de jeito nenhum. Eu tinha 9 anos, quando via aqueles cara leproso, atravessava pro outro lado do rio, lá no Purus. Aí como fiquei: cego, com a venta quebrada, sem nenhum dedo...

Sentado na cama, Seu Braulino reveza o olhar esbranquiçado entre os dois vultos que o escutam, interessados em suas memórias. Até que tocam seis badaladas ensurdecedoras, num alarme digital pendurado na parede:

— É relógio de cego e mouco.

Seu Braulino então interrompe o relato: deu a hora de sua prece diária. De modo que Fran e eu aceitamos seu convite. Fechamos os olhos. E assim, depois de um breve silêncio, os três rezamos juntos o Pai Nosso.

Fran estava lá, viu tudo, inclusive foi ela quem prestou os primeiros socorros, no dia em que um cachorro abocanhou a perna de sua colega: a dra. Mayra Martinez.

Dois anos antes da mordida, assim que chegou ao Brasil e soube que o destino de sua missão seria a Amazônia, a médica cubana temeu bichos menos domésticos:

— Só sabia que era floresta. E *tenía* muita serpente. Fiquei apavorada.

A filha mais velha tentou dissuadi-la:

— Mãe, volta.

Mas dra. Mayra ponderou ("Se tem gente morando lá, eu também posso morar"). Buscou mais informações sobre Manaus ("Um médico enfrenta o medo com conhecimento"). E em março de 2014 começou a trabalhar ao lado de Fran na Colônia Antonio Aleixo:

— Quando você decide que vai ser médico, já está comprometido moralmente: nós temos que fazer nosso trabalho onde fazemos falta.

Aos 50 anos, epidemiologista com um mestrado em medicina natural e tradicional no currículo, não é a primeira vez que dra. Mayra pega a estrada, atendendo ao chamado de sua profissão: durante sete anos, a médica deixou os dois filhos com sua mãe, em Cuba, e foi trabalhar na Venezuela. Agora, com um neto de onze meses piorando a distância, outra vez fora de seu país, dra. Mayra se prepara para o expediente tomando café na cozinha do posto de saúde da Colônia Antonio Aleixo. Quando Fran chega, às oito e meia, as duas saem juntas para as visitas domiciliares.

Era uma segunda-feira, o tal dia. Carregando o peso do sol amazonense, a dupla escalava uma ladeira do bairro para atender, lá no topo, um hanseniano que precisava trocar o curativo. Foi quando, pelo meio do caminho, uma emergência interrompeu a médica e a enfermeira: numa casa ali perto, um menino sofria às voltas com uma convulsão febril. Alarmadas pela mãe aflita, as duas entraram. E enquanto acudiam a criança no quarto, aconteceu: desvencilhado da corda que o prendia no quintal, um cachorro irrompeu pela casa, avançou contra as visitantes e cravou os dentes na panturrilha direita da dra. Mayra.

Depois de enxotarem o vira-lata a vassouradas, com a ajuda de Fran, a médica lavou a ferida com água e sabão. Em seguida, recebeu cuidados complementares no posto de saúde (junto com o menino, àquela altura já restabelecido das convulsões) e começou a tomar de imediato um ciclo curto de antibióticos. Já na manhã seguinte, obstinada a não faltar no serviço, mas com as dores ainda latejando na perna mordida, dra. Mayra foi trabalhar de saia. Hoje, além da cicatriz, ela traz do episódio apenas uma leve marca de desconfiança, que a faz chegar mais precavida à casa de seus pacientes:

— O cachorro tá preso? — a médica pergunta, antes de entrar e cumprimentar Seu Raimundo Piranha com um abraço.

A poucos dias de completar 81 anos, sentado em sua cadeira de rodas elétrica, o senhor bronzeado acaba de voltar da rua. Ao tirar o chapéu de palha, Raimundo revela seu grisalho ainda manchado de preto. Pilotando o assento com a palma direita (dotada, como a mão esquerda, de cinco cotós em tamanhos desiguais), Seu Piranha saiu logo cedo atrás de um técnico para a televisão: depois da forte chuva da madrugada, o aparelho só transmite chiadeira. Dra. Mayra se preocupa com a pele ressecada do cadeirante irrequieto, que passa o dia no vaivém pelo bairro, gastando a bateria de sua poltrona motorizada:

— O senhor não deve ficar tanto tempo no sol.

A médica besunta os braços do paciente com um óleo hidratante. Ao mesmo tempo, sobre uma banqueta de madeira, Fran apoia a única perna de Raimundo:

— Enquanto o senhor conversa, eu trabalho.

À medida que a enfermeira desata as gazes usadas ao redor da canela inchada, Seu Piranha desenrola a própria trajetória:

— Com 18 anos, apareceu uma mancha. Parecia vinho de açaí. Depois, estropiou a cabecinha desse dedo. O cotovelo do pé ficou dormente. Foi dando caroço na orelha...

Confirmado o diagnóstico de lepra, em 1954, Raimundo deixou a casa da família, em Manacapuru, e viajou até Manaus com dois de seus irmãos, também doentes, para se internar com eles na Colônia Antonio Aleixo:

— Quando cheguei que vi meus companheiros assim, tudo sem venta... Ah, meu irmão, eu tive um medo medonho. Tinha medo de ficar daquele jeito, né?

Já na entrada do leprosário, os calouros foram batizados pelos veteranos. Ninguém passava sem apelido.

— Toda qualidade de bicho tinha aí na colônia: Pintado, Pirarucu, Tambaqui...

Para Raimundo, sobrou Piranha.

Com o novo sobrenome, o carpinteiro naval logo voltou a exercer seu velho ofício. Na beira do rio, Piranha cavoucava canoas, assentava motores e remendava batelões:

— Uma hora dessa tava dentro d'água aí, trabalhando, ajeitando leme, essas coisas. Passava o dia todinho molhado.

Nesse ponto da história, Fran conclui a assepsia da canela. Então dra. Mayra interrompe o paciente para informá-lo do próximo procedimento:

— Hoje vamos passar uma pomada.

Seu Raimundo consente:

— Acredito que vai dar certo.

E então recorda o tempo em que era preciso tirar licença na delegacia para visitar o pavilhão das moças. Nas brechas da vigilância cerrada, um de seus namoros acabou lhe rendendo um menino. Raimundo, no entanto, só foi pai por duas horas. Era a lei:

— Nasceu às três da madrugada. Às cinco, o enfermeiro veio pegar. Naquele tempo, levava pro preventório.

Desde então, passados mais de cinquenta anos, Seu Piranha nunca mais viu o filho:

— Acho que ele tá vivo. Soube que tinha casado com a filha de um sargento. Acho que virou alguma coisa... Ih, mas isso é uma conversa comprida.

A paternidade ressurgiu como assunto há quatro anos, quando a cuidadora que ajudava Raimundo adoeceu. Os papéis então se inverteram: retribuindo a fidelidade de longa data, Seu Piranha cumpriu uma dedicada vigília à sua enfermeira particular. Até que, da fatalidade de um câncer no colo do útero, a vida gerou um menino para o senhor sem filhos:

— Antes dela morrer, pedi o garoto pra vir pra cá comigo.

Hoje viúvo, com os recursos da aposentadoria e de uma indenização federal recebida por muitos hansenianos que foram isolados compulsoriamente, Raimundo Piranha cria Adriano sozinho.

— O pai dele taí, um caboclão forte. Mas é estragado nesse negócio de droga. Só vive preso.

A consulta termina. Enquanto Fran guarda seus apetrechos na caixa de curativos, dra. Mayra veste a bolsa a tiracolo, de saída. Avaliando o curativo novo na canela, Seu Piranha elogia o serviço:

— Acho que ficou muito bonitinho, né?

Nessa hora, aparece o técnico da televisão. Raimundo se divide entre a despedida das duas e a recepção do outro. É então que, de pijama, o menino de sete anos surge de dentro da casa. Ainda amassado de sono, Adriano dirige um cumprimento tímido às visitas. Chega por trás da cadeira de rodas. E fica assim, de pé, enlaçado ao pescoço de Raimundo, com a cabeça apoiada em seu ombro, num demorado abraço de bom-dia:

— Seu Piranha, ainda bem que a chuva parou, né?

O Solimões escorre dos Andes, arrastando árvores. As águas ganham voracidade conforme engordam. O grande rio carrega o que encontra pela frente. O grande rio tem fome de terra.

O grande rio engole a ilha onde Seu Aníbal nasceu.

Era um pedaço de chão, cercado de água barrenta por todos os lados. Ficava a duas horas de motor de Benjamin Constant. Bem antes que o rio levasse tudo, o primeiro a sumir dali foi o pai. Por respeito ao leito traiçoeiro do Solimões, o velho só viajava de dia: até Manaus, foram dois meses no braço, batendo remo para confirmar a baixada. Meses depois, quando pipocaram uns caroços em sua pele, feito ferroadas de carapanã, Aníbal desceu pelo mesmo caminho, mas motorizado, de carona no alvarenga do patrão carregado de borracha. O menino tinha dez anos quando reencontrou o pai na Colônia Antonio Aleixo.

Desde então, os dois nunca mais voltaram à ilha. E nem que houvesse como: o passado já não era um lugar onde pudessem pisar.

Talvez por isso, por desconfiar que, a qualquer momento, poderia perder outra vez o chão sob seus pés, em vez de se instalar num lote do leprosário, Aníbal preferiu se fixar sobre um pedaço de água, cercado de terra por todos os lados.

Seu endereço é dentro do Lago do Aleixo.

Sua casa é um flutuante de madeira.

Diante de Manaus, o Solimões encontra o Negro. Dali para frente, os dois seguem juntos, mas sem se misturar. Ao longo de seis quilômetros, o rio marrom desce lado a lado com o rio preto. Nesse trajeto, o caudal bicolor passa em frente à colônia. Abrigado numa das margens, o Lago do Aleixo se inunda de breu.

Dra. Mayra não sabe nadar. Mas hoje, excepcionalmente, ela não precisa se preocupar com o balanço da canoa que costuma levá-la até a casa de Seu Aníbal. Ao lado de Fran, sigo os passos cuidadosos da médica, que desce um barranco minado de sacos de lixo e caminha até o flutuante, afundado no chão vazio. Dentro da rede, Seu Aníbal recebe os visitantes com uma saudação murcha:

— Que aconteceu? Por que ficou de novo assim, *mi amor*?

A ilha de água secou sob os pés de Seu Aníbal.

Nos últimos anos, o Lago do Aleixo vem acumulando montes de areia e cimento que a chuva traz de inúmeras ocupações imobiliárias, em geral clandestinas. Agravado pela porquice de certas indústrias instaladas no bairro, o assoreamento tem alargado o ralo das águas. As estiagens sazonais estão mais severas. De modo que, em vez do marulhar preto roçando sua porta, da animação dos banhistas mergulhando do seu píer, do equilíbrio dos pescadores sobre suas canoas e da explosão suave das tarrafas antes de abocanhar o lago, tragando surubins e capararis, hoje, ao se levantar da rede, Seu Aníbal dá de cara com um matagal cerrado e com o casco de uma balsa enorme: encalhado rente ao flutuante, o trambolhão de ferro impede a vista e a brisa.

— Essa doença, graças a Deus que não me machucou muito ainda. Porque fico que não posso nem conversar. Como é que eu vou rir sem vontade?

Bem adaptado às sequelas nas mãos e nos pés, já há muitos anos curado da hanseníase, Seu Aníbal agora quer se livrar da depressão. Mas só a cheia do lago restituirá realmente seu humor costumeiro, junto com a renda perdida pela debandada das canoas que alugavam no flutuante a corda para atracar e os olhos do vigia. Dentro dos remédios que lhe cabem, dra. Mayra prescreve amitriptilina, além de um composto vitamínico, já que o paciente anda meio desgostoso de comer.

Ao final da consulta, antecipando-se aos comprimidos, a conversa com a médica parece surtir os primeiros efeitos. Pouco antes de sairmos, Seu Aníbal emerge um pouco do desânimo, e até toma ares de trovador para declamar os versos que escreveu:

Em homenagem à doutora Mayra
Que trabalha com dedicação
Do paciente, poeta e amigo
Abraço e aperto de mão
Porque além de ser uma profissional competente
Também tem um bom coração.

Depois das rimas da despedida, subimos o barranco para voltar à margem asfaltada do lago. No meio do caminho, paro um instante, recuperando o fôlego. Lá embaixo, balsas, barcos e outros flutuantes compartilham o quintal de Seu

Aníbal, naufragados no seco. Mais adiante, o Solimões corre ao lado do Negro. Preencho a paisagem com um pouco de imaginação: ao longe, avisto o batelão de Dona Francisca descer pela correnteza partida ao meio, singrando entre o claro e o escuro, neste trecho em que os rios ainda não aprenderam a conciliar suas diferenças. Lotada de gente e borracha, a arca sem trincas cruza toda extensão do Lago do Aleixo. Numa de suas margens, os passageiros são recebidos pela polícia. Entre os leprosos, vejo Seu Braulino, com dez anos de idade. O menino ajuda os irmãos a carregar um baú pesado para o outro lado do mundo...

Durante 36 anos, a colônia espelhou as águas, dividindo doentes e sadios. Agora, o bairro cresce, se misturando à cidade.

Algum dia, talvez alcancemos o mar.

ALÉM-MAR
Touros, Rio Grande do Norte

Na primeira consulta da manhã, enquanto preenche a data no prontuário do paciente, dr. Dmytro Petruk se dá conta:

— Primeiro de março... Hoje começa a primavera na minha terra.

Lá no hemisfério norte, a nova estação terá bastante trabalho pela frente: o inverno deixou tudo cinza e desfolhado na Ucrânia, onde o médico nasceu. Antes de brotarem as flores, resta neve para derreter. Por mais algumas semanas, os casacos seguirão se impondo naquela paisagem fria. Uma paisagem que parece ainda mais distante quando confrontada com o verão brasileiro: no posto de saúde, ao abrir a janela do consultório, dr. Dmytro recebe no rosto uma lufada morna, soprada pelo mar verde que banha o município de Touros, no litoral do Rio Grande do Norte.

Faz tempo que os europeus conhecem estas praias: em 1501, o português Gaspar de Lemos baixou os ferros de sua nau por aqui, trocou presentes com os Potiguara e deixou na areia um marco de mármore, esculpido com as cruzes de Malta e da Ordem dos Cavaleiros de Cristo. Pela rota aberta, nos séculos seguintes, os patrícios continuaram chegando, trazendo seus canhões e seus santos. Em 1800, a imagem do Bom Jesus dos Navegantes ganhou altar numa igrejinha em estilo colonial. Além do monumento para guiar as almas, mais tarde, outra torre de orientação foi erguida, com duzentos e noventa e oito degraus: desde 1908, o Farol do Calcanhar, o mais alto da América Latina, oferece seu claro-escuro às embarcações que contornam essa extremidade nordestina, também conhecida como "a esquina do Brasil". Com a orla marítima assim, bem sinalizada, o naufrágio mais célebre das redondezas, por incrível que pareça, é aéreo: aconteceu em 1928, quando dois italianos caíram do céu. Por causa do mau tempo, Ferrarin e Del Prete tiveram de improvisar um pouso à beira-mar, naquela pista de areia branca, ornada de coqueiros. Da cabine do Savoia-Marchetti S.64, os pilotos se ergueram ilesos. Tiraram os capacetes. E então, diante de pescadores estupefatos, comemoraram sua façanha: ali, abruptamente, terminava o voo contínuo mais longo de toda história da aviação mundial até então — 7.188 quilômetros vencidos, em quarenta e nove horas e quinze minutos, entre Montecelio e a praia de Touros. Hoje, por terra, os forasteiros percorrem um caminho bem menos vertiginoso: pouco mais de noventa quilômetros de asfalto satisfatório separam o aeroporto internacional de Natal, capital do estado, e as pousadas e hotéis à disposição dos turistas que buscam férias no município. Também chego pela br-101, mas a trabalho. E numa lanchonete perto da praça da Matriz, depois do expediente no posto de saúde, peço que dr. Dmytro me conte sua própria trajetória até aqui.

— Eu sou da aldeia. Sei como cresce a batata. Sei como cuidam do porco. Sei como tratam da vaca.

No oeste da Ucrânia, o cotidiano rural transcorre suave, aos pés de montanhas revestidas de pinheiros. Tal pasmaceira idílica, embora não pareça, ecoa um passado bastante movimentado: o vilarejo natal do dr. Dmytro já mudou algumas vezes de pátria. Desde o século xv, sujeitos à bússola instável da geopolítica no leste europeu, os habitantes de Kosiv transitaram sem sair do lugar, ora abrigados dentro do mapa da Áustria, ora contornados pelas fronteiras da Polônia. Durante a Segunda Guerra Mundial, os nazistas hastearam a suástica na aldeia. Até que os alemães foram expulsos pelos russos: há 51 anos, Dmytro Petruk nasceu na União Soviética.

Uma estrelinha vermelha na lapela compunha o uniforme escolar das crianças. Os "netos de outubro" aprendiam a se orgulhar da revolução do vovô Lênin. Os adultos participavam do sistema de produção socialista: o pai de Dmytro era motorista numa fábrica de compotas de frutas, em Kosiv. A mãe, que também chegou a bater ponto no mesmo ramo do marido, preparando as maçãs e ameixas para as conservas açucaradas, acabou se aposentando precocemente, por conta de uma insuficiência renal crônica. Ante os efeitos colaterais do tratamento hormonal, que perturbariam sua *mamusca* por toda a vida, Dmytro vislumbrou pela primeira vez a carreira médica:

— Quando eu era pequeno dizia pra minha mãe: "Vou ser cirurgião e fazer uma cirurgia pra você não ter mais dor de cabeça".

Mais tarde, com o boletim como trampolim, o menino estudioso e disciplinado de fato alcançou uma vaga no concorrido Instituto de Medicina. No último ano do curso, Dmytro casou-se. Ao receber o diploma, já estava com seu primogênito no colo. Logo em seguida, o pai jovem e recém-formado deixou a família em Kosiv e foi trabalhar a oitenta quilômetros de Tchernóbil, em 1987, um ano depois da catástrofe nuclear:

— Onde fiquei era uma área de radiação moderada. Eu sentia algum medo sim. Mas não tinha médico lá, então eu fui.

Após trabalhar dois anos e meio na zona de risco, o clínico geral retornou para Kosiv e especializou-se em ginecologia obstétrica. Assim, pelos anos seguintes, enquanto amparava nascimentos, dr. Dmytro testemunhou, no seu dia a dia, a gestação de um fim: o bloco soviético aparentava suas rachaduras. Durante a Perestroika, o ordenado de cento e quarenta rublos do médico passou a encontrar cada vez menos produtos à venda.

— Eu entrava no mercadinho e sabe o que tinha? Uma conserva de couve e pouco mais. Estava tudo vazio.

Com a dissolução da União Soviética, Kosiv mudou outra vez de mapa: a aldeia do dr. Dmytro passou a figurar então no oeste da recém-proclamada República da Ucrânia. A independência e a consequente abertura política do novo país deram entrada ao capitalismo, que logo inverteu a ordem da economia local.

— Começou a encher o mercadinho. Mas aí a gente é que não tinha dinheiro pra comprar.

A crise tirou o chão de milhares de ucranianos, impondo-lhes o pé na estrada. Em 2001, divorciado pela segunda vez, com dois filhos de casamentos diferentes para ajudar a sustentar, dr. Dmytro decidiu acompanhar a multidão e saiu em marcha para a Europa ocidental. Somando o salário às gorjetas que, por costume da região, os pacientes lhe ofereciam espontaneamente, o médico investiu mil e quinhentos dólares de sua poupança num visto de turista para a Alemanha, vendido por uma agência especializada no translado de imigrantes clandestinos. Numa van com quatorze conterrâneos, dr. Dmytro passou incólume pelas emboscadas que a máfia russa costumava armar pelo caminho. Então pisou em território germânico, e de lá seguiu viagem rumo a seu destino final. Num sábado, depois de cinco dias atravessando o Velho Continente, por falta de hospedaria mais acessível, um grupo de cinco ucranianos dormiu ao relento numa praia de Cascais — era a primeira das muitas noites que dr. Dmytro passaria em Portugal.

O médico de Kosiv logo meteu as mãos em sua nova terra: por indicação de um moldavo, que lhe recomendou ao patrão, dr. Dmytro trocou o jaleco branco por um avental de jardineiro e foi cortar a grama de quintas de luxo em Sintra. Um mês e meio depois, largou o bico no paisagismo por um contrato mais ao norte, no Mangualde. O médico ainda trabalhou um ano e pouco como soldador de andaimes, até conseguir no passaporte o carimbo que enfim o tirou da ilegalidade. Com o salvo conduto do governo português, Dmytro pediu demissão da metalurgia e voltou a Lisboa em busca de outra sorte. Mas aconteceu que, ao longo de três semanas circulando classificados à caneta, o desempregado ucraniano só bateu em portas fechadas. Andando o dia todo pela cidade, conforme minguava seu pé-de-meia, a pindaíba aumentava:

— Meu café da manhã era um copo de leite. Meu almoço era uma lata de sardinha. O jantar, um iogurte. Fiquei com um pouco de fome...

Diante da urgência das próprias entranhas, Dmytro lembrou-se médico. Até então, ele não havia cogitado realinhar sua carreira no estrangeiro à sua formação acadêmica. Mas como as alternativas escasseavam, resolveu arriscar-se noutro itinerário, e começou a peregrinar pelos hospitais de Lisboa. Arrependeu-se de não ter tentado antes: no segundo dia de bate-pernas, dr. Dmytro voltou a cuidar de gente, como auxiliar de saúde num centro psiquiátrico. O médico ucraniano trocava fraldas, dava banhos e servia refeições aos pacientes do Júlio de Matos. Nos finais de semana, ainda garantia mais uns trocados dedicando-se à medicina esportiva: como massagista de um time de futebol infantil, sempre que solicitado, dr. Dmytro corria do banco de reservas em direção ao campo para aplicar gelo nas canelas dos miúdos que tombavam no gramado, reclamando as dores de uma jogada mais viril.

— Era divertido!

Foram três anos assim, trabalhando com saúde, mas sem direito a consultório. Nesse período, o ucraniano arredondou sua fluência no português e, ao mesmo tempo, galgou a passos lentos, um a um, os degraus burocráticos que lhe deram acesso por fim a uma autorização para clinicar em Portugal. Desde então, o médico forasteiro passou a atender seus anfitriões.

Profissional voluntarioso, com seu fôlego de montanhista acostumado na juventude a subir trilhas naturais pelos arredores íngremes de Kosiv, dr. Dmytro chegava a cumprir jornadas de noventa horas semanais, num circuito de plantões que ele percorria de carro, passando por hospitais em Lisboa, Cascais, Évora, Setúbal e Santarém, ao longo dos oito anos em que exerceu a medicina no país. Movida a trabalho, sua rotina era viajar e não dormir. Foi então, num de seus múltiplos empregos, que o ucraniano esbarrou numa brasileira com ascendência polaca. Já no primeiro encontro, sua futura noiva vestia branco: Débora não é médica, mas também cumpria o expediente de jaleco, num laboratório de análises clínicas. O casal passou a compartilhar a vida e dividir meio a meio o roteiro das férias: foi assim que, além de visitar seus pais na Ucrânia ao lado da terceira esposa, dr. Dmytro veio a conhecer o Brasil. Seus sogros haviam trocado Santa Catarina pelo Rio Grande do Norte. Um destino que logo inspiraria outra mudança: em 2013, quando uma recessão cheia de dentes roía o bolso dos assalariados na Península Ibérica, o médico ucraniano, reprisando o movimento que empreendera onze anos antes, decidiu imigrar de novo. Desta vez, contudo, não partiu sozinho: depois de duas décadas radicada em Portugal, Débora encurtou a distância que a separava dos pais. Hoje, o casal vive na praia de Graçandu, a poucos quilômetros de Natal. E a menos de uma hora de viagem de Touros, onde o dr. Dmytro cumpre seu expediente habitual neste primeiro de março em que, além-mar, a Ucrânia contrai a primavera.

Às oito e quinze da manhã, o médico estaciona sua camionete branca em frente ao posto de saúde, na comunidade de Perobas. Uma vaca mostra os chifres a um vira-lata impertinente que vem atrapalhar suas ruminações à sombra do coqueiro. Um grupo de mulheres com lenço na cabeça sai do mato e passa com ar satisfeito pela rua de terra, carregando latas cheias de uma frutinha preta: é o tempo da guabiraba. Com o mar verde ao fundo, a paisagem faz pose de cartão-postal.

— A praia aqui é boa. É falada.

Sentada numa cadeira de plástico, Dona Francisca aguarda que dr. Dmytro chame seu nome enquanto me conta que, embora seu marido seja um dos muitos guias locais, credenciado e motorizado para conduzir turistas até as piscinas naturais de Perobas (um dos atrativos mais procurados em Touros), ela mesma, até hoje, nunca experimentou o passeio.

— Tão bom, né? Mas cadê coragem?

Sem arredar os pés da areia, Dona Francisca cuida sozinha da casa, do filho diabético, da mãe, do pai e de uma tia. Hoje escapuliu de sua enfermaria doméstica para renovar a receita de Diazepam. A desdobrada dedicação a seus parentes, por vezes, engrossa-lhe os nervos.

— Aí tenho que tomar um remedinho pra ficar calma.

Dr. Dmytro abre a porta do consultório com a ficha de Lenísia da Silva na mão. E enquanto a gestante de 22 anos carrega a barriga de trinta e seis semanas em direção ao médico, Dona Francisca se ajeita na cadeira, antecipando-se à meia hora, no mínimo, que aguardará até a próxima chamada:

— Ele vai consultar ela dos pés à cabeça.

Toda comunidade já sabe que, no posto de saúde, a maré da espera começa cheia e, ao longo do dia, vai vazando a conta-gotas. Depois de viajar de um emprego a outro em Portugal, cumprindo um pinga-pinga alucinado entre plantões, dr. Dmytro desacelera o próprio passo, esmerando-se noutra atenção à população de Touros:

— Imagina, no hospital era só despachar. Tinha muita gente. Eu já não quero mais isso. É melhor fazer esse trabalho, que você conhece o paciente. Gosto de falar com eles.

Depois de Lenísia é a vez de Marcos, que batuca na mesa do médico. O constrangimento esquenta as bochechas de Luiza, que puxa o filho de sete meses para si, apertando-o no colo. Uma tosse insistente tem sacudido as noites do menino. Mas os pulmõezinhos estão limpos, segundo o estetoscópio do dr. Dmytro.

Em seguida, ainda passa pelo consultório uma marisqueira. Além de abrir o envelope do laboratório e mostrar ao médico o resultado dos exames pedidos no mês passado, a moça aproveita para arregalar o olho direito, ainda avermelhado e lacrimejante: uma escama lhe saltou no rosto enquanto ela raspava um peixe à faca, nos preparativos do jantar de ontem.

Lá fora, pensando na casa sem os seus cuidados e no horário do almoço se aproximando, Dona Francisca formiga de impaciência. Até que o dr. Dmytro finalmente anuncia seu nome. Depois de uma consulta demorada e meticulosa, a senhora conversadeira sai do posto de saúde com a prescrição na mão. Mas já precisa menos dos ansiolíticos em comprimidos:

— Ele é calmo. A gente chega estressada, e ele desestressa a gente.

A tarde segue na mesma toada, vagarosa como um paquete a vela no mar sem vento. E quando terminam as treze fichas agendadas para o dia, dr. Dmytro ainda atende um último caso, que chega quando ele já se preparava para sair: embaixo de uma sombrinha preta com bolinhas brancas, o pai protege do sol o filho febril.

A exemplo do marido de Dona Francisca, Márcio Martins também pilota lanchas cheias de forasteiros até as piscinas naturais de Perobas. Para os pescadores da região, o passeio vem se convertendo em nova profissão, bem menos suada e bem mais rentável que o expediente madrugador e incerto de puxar da água covos de marmeleiro e redes de tresmalho. Alguns ainda conciliam as duas atividades: entre uma saída e outra a serviço da agência de turismo, Márcio, por exemplo, voltou hoje carregado de garajubas, depois de dois dias em alto-mar. Ao chegar em casa, o pescador foi recebido pela mulher acamada (diagnosticada no hospital de Touros com chikungunya) e o filho de cinco anos tiritando, com trinta e nove de febre. Márcio largou suas tralhas salgadas num canto. Pegou Maécio no colo. Abriu a sombrinha preta com bolinhas brancas. E correu para o posto de saúde, para ver se ainda alcançava o médico.

— O senhor não pode dar logo uma amoxilina pra ele, doutor?

Como recusa ao pedido, com um didatismo desapressado, o médico explica ao pai aflito a diferença entre as viroses e as infecções bacterianas, ressalta a necessidade de um diagnóstico adequado antes da administração de qualquer remédio, elenca os riscos decorrentes da automedicação e pondera sobre os malefícios que acompanham os benefícios dos antibióticos, especialmente nas crianças. Sentado com as pernas cruzadas sobre a maca, Maécio ouve tudo, quietinho, enquanto toma mais um copo d'água a pedido do dr. Dmytro. Até que a coluna de mercúrio encurta no termômetro que a enfermeira retira do sovaco do menino, agora refrigerado pelo paracetamol. O médico então orienta Márcio sobre a conduta a ser observada nas próximas horas. Recomenda-lhe procurar o hospital, caso a febre resista ao antitérmico. E pede que retorne com o filho e a esposa depois de amanhã, quando voltará a atender em Perobas. Por fim, antes de liberar Márcio e Maécio, dr. Dmytro pergunta ao pescador sobre a maré. E se assegura de que, sim, a essa hora é possível voltar de carro pela praia.

O médico então liga a tração e o rádio da camionete para me apresentar um *pot-pourri* em MP3 de canções da sua terra. A melodia começa arrastada, como se penasse para escalar as montanhas diante das quais a *kolomeyka* costuma ser tocada. Logo, no entanto, como se a música rolasse lá do alto, dá-se a descida desabalada: o compasso acelera, mais e mais, arrastando consigo os violinos. No atropelo da marcha, o acordeão alucina. Enquanto isso, ofegantes, os dançarinos tentam acompanhar o resfolego insano: segundo dr. Dmytro, os mais resistentes durarão no máximo vinte minutos, de mãos dadas na roda, até sucumbirem sem ar ao ritmo atlético que geralmente embala as festas tradicionais de seu país.

— É tipo um forró ucraniano.

Pela rodagem de areia, enquanto o acostamento espuma do nosso lado direito e a brisa morna atravessa as janelas abertas da camionete, a trilha sonora evoca sabores no motorista. Temperado pela nostalgia, o médico recorda as cerejas, o salmão defumado, a vodka e o *chachlik*, um churrasco feito com carne marinada.

— Gosto de cozinhar. Mas de maneira que eu possa perder três, quatro horas. Fazer só para despachar, não. Quando faço com calma, fica mais saboroso.

Na marcha branda, destoando do frenesi da *kolomeyka*, já estamos a meio caminho no trajeto de dez quilômetros entre Perobas e o centro de Touros, quando dr. Dmytro desacelera ainda mais o motor.

Logo adiante, sob o final da tarde, um grupo de pescadores dança o arrasto.

O mar resiste a desengolir a malha que os homens puxam pelas pontas, fincando os pés no chão molhado e mole: os corpos esticam-se, alavancas vivas, inclinadas para trás. O último da corda, quando alcança o seco fofo, se desamarra da fila e troca o final pelo princípio, metendo outra vez as canelas n'água. Pulsa o baile, inspirando, expirando, junto com as ondas. Centímetro a centímetro, a corda se acomprida, desenhando uma serpente infinita e morta na areia. Até que a rede emerge, gorda de sargaço. E as crianças correm para catar os brilhinhos prateados que saracoteiam em meio às algas.

Um bem-te-vi plana sobre a colheita, apoiado na brisa, com o bico salivando. Enquanto isso, as gentes enchem de manjubas os seus sacos plásticos. Enganchados no tresmalho, os bagres, muito miúdos para a culinária, são aleijados de seus ferrões antes de serem devolvidos ao mar: todo pescador sabe o que é pisar nesses espinhudos. De longe, à sombra de um cajueiro, Marcos Tibúrcio do Nascimento, o Marquinho, acompanha o movimento da mariscagem enquanto remenda sozinho a própria rede. Sem interromper a costura, aos 51 anos, o ex-mergulhador me conta histórias do tempo em que trabalhava a mais de cinquenta metros de fundura, respirando o ar bombeado por um compressor de borracharia:

— Catava lagosta de monte, igual os cabra tão no mato panhando mangaba. Algumas chegava a três quilos. Tinha que pegar com as duas mãos.

Uma embolia aposentou Marquinho das profundezas.

Seu Raimundo, o dono da rede que acaba de ser puxada, nunca se arriscou tão longe:

— Acho melhor aqui, com os pés no chão.

E aponta para atrás do horizonte, onde os barcos estacionam e os pescadores mais corajosos pernoitam:

— Lá, só vê água e universo.

Na beira da praia, remexido a muitas mãos, o sargaço logo se esvazia de manjubas. Agachado na areia, Seu Raimundo resgata do tresmalho um camarão solitário — um vila franca de uns quarenta gramas, que ele ergue como singelo reconhecimento ao esforço coletivo:

— Ei! Ói! Só sobrou um!

Então, a rede é recolhida e dobrada para o próximo dia. Em seguida, os pescadores mais dispostos voltam a trabalhar em equipe: uma bola corre entre pés descalços, buscando o gol de gravetos espetados na areia. Sobre a arquibancada líquida, à luz do entardecer, boia uma dúzia de paquetes dourados, atracados perto da praia. Os jogadores disputam a clássica contenda entre o time sem camisa e a equipe dos vestidos. Acirrada, a partida só termina quando escurece. Então, apaga-se de vez o refletor-mor. E acendem-se milhões de manjubinhas, presas nas malhas da noite.

Na manhã seguinte, pontualmente às oito e quinze, como de hábito, dr. Dmytro volta a estacionar a camionete branca em frente ao posto de saúde. Desta vez, na comunidade de Carnaubinha.

A exemplo de Perobas, a espera já se aglomera à sombra, logo cedo. Depois de cumprimentar Seu Antonio do outro lado da rua ("Ele sempre cuida do meu carro") e distribuir uma ou outra orientação preliminar aos pacientes que tentam antecipar o atendimento ainda na calçada ("Dá licença, doutor. Precisava ver uma coisa com o senhor. É um sinal que tem nas minhas costas..."), o médico se esgueira com gentilezas até alcançar o consultório. Lá dentro, tirando o chapéu de palha que lhe protege a calva rodeada por uma faixa grisalha raspada a máquina, dr. Dmytro enfia a cabeça através da gola em "v" do jaleco de algodão, com mangas curtas e sem botões, ao estilo de uma bata. Depois, recoloca os óculos junto às sobrancelhas grossas e escuras. E assim, devidamente paramentado, aciona a marcha serena de mais um expediente.

Dona Maria do Socorro chega com muita dor nas articulações:

— Nem pentear o cabelo consigo.

Dona Maria Silvestre reclama um mal-estar mais difuso:

— É uma moleza em cima de mim, um ismurecimento no meu corpo, uma tremura que fico imortecida, sem pudê nem andá. Não sei o que é isso não.

O aparelho de pressão explica: vinte e dois por onze.

Enquanto isso, na sala de triagem, Dona Zélia sobe na balança com Cássio Igor no colo. A agente de saúde desliza o cilindro de metal até o equilíbrio da barra cifrada, anotando a medida. Em seguida, a avó entrega o neto de um ano e meio ao avô, que a acompanha, e volta a conferir seus quilos, agora sozinha. Subtraindo o primeiro resultado do segundo, a agente de saúde calcula o peso dos bebês: um procedimento impreciso, porém necessário, já que a balança infantil permanece quebrada. Também não há um glicosímetro à disposição dos diabéticos. Vanilson, o dono da mercearia, vem renovar o curativo na canela trazendo de casa um pacote de gazes esterilizadas. Na fila de espera, as moças se abanam com envelopes de exames timbrados por laboratórios particulares... Em muitos casos, os pacientes acabam recorrendo ao próprio bolso para remediar as precariedades do posto de saúde.

De sua parte, por falta de alternativa, dr. Dmytro reveza seu aparelho de pressão com a enfermeira. E como ontem, em Perobas, por conta do tamanho da espera, o médico volta a dispensar a pausa do almoço, emendando o turno da manhã ao da tarde.

Raimundo tem medo de que sejam hereditárias essas dores que sente no peito quando respira fundo: o pai e o irmão faleceram de enfarto. Seu Orlando entra no consultório empunhando um canudo de raio x lacrado por uma tirinha de esparadrapo. Lá fora, aguardando sua vez, alguém reclama a demora. Marileide pondera:

— Mas ele examina a pessoa todinha. Olha o papel todinho. E o remédio que ele passa é bom, não é?

No total, o médico atende treze pacientes; a média cotidiana. Mas depois do que seria a última consulta da tarde (Roseane sai com a receita de um antibiótico para a infecção urinária), dr. Dmytro então começa um turno extra, recebendo quem chegou depois de esgotadas as vagas inicialmente disponibilizadas para o dia:

— Não é atendimento, mas pelo menos oriento. Imagina se eu simplesmente lhes disser: "Você sabe, meu trabalho acabou. Vem cá noutro dia". A gente tem que criar um bom vínculo com as pessoas. Esse vínculo não aparece logo. E se cria também com esse gênero de trabalho que eu tenho feito, sabe?

No serão do médico, Daniele quer saber se pode retirar o pólipo do ovário, na cirurgia agendada meses antes para a próxima terça-feira. Há menos de uma semana da operação, ela passou a suspeitar que está grávida. Em seguida, Jhennifer recebe a prescrição de uma loção tópica para abrandar a urticária na pele empipocada. Francisco é encaminhado para o ortopedista.

Então, um silêncio responde ao chamado do dr. Dmytro: enfim, a sala de espera está vazia. Estouro rojões íntimos, em discreta comemoração. A essa altura, tendo perdido o almoço para acompanhar o médico, tudo o que consigo é desenhar camarões no meu bloquinho de notas, pensando no jantar que anteciparei para o fim da tarde. Coloco a mochila nas costas, pronto para ir embora. Mas eis que, do fundo do corredor, surge Dona Dária.

Ao passar em frente ao posto de saúde, a camionete branca ainda estacionada sugeriu-lhe a entrada. A paciente integra o grupo de hipertensos de Carnaubinha e resolveu aproveitar a oportunidade para medir a pressão, como faz regularmente, para o seu próprio bem e o controle do médico. A visita seria rápida. Mas dr. Dmytro convida Dona Dária a entrar no consultório. Estende-lhe a cadeira. Acomoda-se do outro lado da mesa. E, antes de abrir o velcro para enlaçar o braço da décima oitava paciente do dia, o médico estica o assunto com um sorriso:

— Como tá a vida?

MADRE TERRA
São Gabriel, Rio Grande do Sul

O índio esculpe um cocar sobre a cabeça do Menino Jesus. Cinzel contra madeira, lasca por lasca, e o penacho duro vai se incorporando ao curumim sagrado. A imagem espelha o artesão: seu rosto de maçãs salientes, seus olhos oblíquos, seus lábios grossos, seus cabelos escorridos. Um Cristinho acaboclado. Um menino parido no cedro, pelas mãos do índio. Um deus envernizado, que ocupará seu devido lugar, ao lado de outros santos do pau oco, num dos altares da catedral. A catedral barroca projetada pelos jesuítas, nos campos do Sul, à margem oriental do Rio Uruguai. A catedral erguida por mil homens, ao longo de dez anos. A catedral de pedra e adobe, onde os Guarani ajoelham em louvor a São Miguel Arcanjo, seu padroeiro.

Todo dia, escuro ainda, badala o carrilhão da torre. A alvorada boceja, com hálito de bronze. Abrindo o serviço, o padre adentra a nave santa ladeado por dois índios que lhe servem de castiçais. Cai o chuvisco bento sobre os cristãos. O coral guarani canta em latim: *Asperges me, Domine...*

No cotidiano da missão jesuítica, a música agasalha a Palavra. Os índios se revezam no recital: o organista toca um prelúdio. O flautista interpreta uma pavana italiana, tristíssima. O violinista risca uma sonata no ar. E quando o padre encerra o sermão matinal, as melodias persistem: com o Cristo de farinha recém-derretido na língua, cada Guarani segue para sua frente de trabalho entoando ladainhas.

Há os roceiros, afofando a terra para o trigo. Há os mateiros, colhendo a erva do chimarrão. Há os campeiros, na lida com o gado, trotando pela estância sem cercas. Toda produção é pesada e registrada no armazém coletivo: além da leitura do livro sagrado, os Guarani dominam também a escritura dos livros contábeis. Primeiro, subtraem-se os impostos pagos religiosamente à Coroa Espanhola (abaixo do Senhor, a Missão se submete à Vossa Majestade). Com o saldo limpo, tudo mais que se soma é dividido em partes iguais. Quando uma rês é carneada, cada miguelino recebe seu bife. Não falta mate nem roupa para ninguém. Nem teto: ungidos pelo sacramento do matrimônio, os casais logo recebem uma casa para morar e criar seus filhos, que por sua vez terão o mesmo direito quando crescerem. Mas não por herança, porque os pais fossem donos do imóvel, não. Os missionários ignoram a noção de propriedade privada: aqui, tudo é de todos, emprestado por Deus. As muitas mãos que calejam na enxada possuem juntas a ferramenta. O mesmo vale para as leis: o poder é partilhado entre os jesuítas e o Cabildo, órgão de administração e justiça dos índios.

Seria como uma reedição cabocla do Ato dos Apóstolos: "E era um o coração e a alma da multidão dos que criam... todas as coisas lhes eram comuns... Não havia, pois, entre eles, necessitado algum". Seria como uma versão pampiana daquela comunidade inaugural dos primeiros cristãos, Pedro, Paulo e companhia. Seria, mas não foi — depois de um milênio e meio, o Evangelho há tempos não se praticava mais tão fresco e imaculado como em sua manjedoura, em Jerusalém.

Na América Platina esgarçada pelo cabo de guerra entre Portugal e Espanha, os índios já não tinham muito para onde correr: ou aceitavam o Cordeiro de Deus ou viravam mula dos bandeirantes. A tutela dos jesuítas foi a paz possível na controversa encruzilhada entre a cruz e a espada. Para o bem e para o mal, os Guarani receberam a benção do Bom Cacique Nazareno. E assim temperaram a utopia cristã com a mitologia indígena, adaptando sua Terra sem Males aos padrões da Terra Prometida, na Missão de São Miguel Arcanjo.

Até o dia 13 de janeiro de 1750. O fatídico dia em que Dom João v e Dom Fernando vi se reuniram em Madri.

E assinaram o Tratado do Demônio.

Art. 14º — Sua Majestade Católica, em seu nome e de seus herdeiros e sucessores, cede para sempre à Coroa de Portugal... todas e quaisquer povoações e estabelecimentos, que se tenham feito por parte de Espanha no ângulo das terras compreendido entre a margem setentrional do Rio Ibicuí e a oriental do Uruguai.

Querendo resolver de vez os imbróglios antigos que ainda sobrepunham seus mapas sul-americanos, Portugal e Espanha firmaram o acordo para retraçar suas divisas: entre outros arranjos, os portugueses entregavam aos espanhóis a Colônia do Sacramento (atualmente, o sul do Uruguai). De sua parte, os espanhóis cediam aos portugueses os campos dos Sete Povos das Missões (hoje, o estado do Rio Grande do Sul, mais parte do Paraná e Santa Catarina). Selado o pacto, restava despovoar o novo quintal lusitano. Além dos missioneiros de São Miguel Arcanjo, na conta de inquilinos indesejados entravam também os devotos de São Borja, São Nicolau, São Luís, São Lourenço, São João Batista e Santo Ângelo. No total, cerca de trinta mil almas, junto com seus compadres jesuítas, estavam obrigadas pelo decreto oficial a abandonar suas casas e se mudar para a margem de lá do Rio Uruguai.

Os Guarani, no entanto, fincaram pé.

Entre os miguelinos, como cacique-mor de seu povo, Sepé Tiaraju deu a cara à resistência. Logo que tomou conhecimento do tratado, o líder missioneiro assinou, junto com outras autoridades indígenas, uma carta incisiva, remetida ao governador de Buenos Aires: "Ainda que os padres continuadamente nos dão a entender que é necessário..., mas não o cumpriremos". Quando os demarcadores reais chegaram para retraçar a fronteira, fincando estacas até a boca do Rio Ibicuí, Sepé Tiaraju recusou as miçangas que os europeus lhe ofereceram como mimo. Ergueu sua espada de fogo, como a do Arcanjo. E intimou a comitiva a marchar de ré. Era só um passo, da intransigência com os agrimensores à deflagração da Guerra Guaranítica.

A rotina das Missões reboliçou com os preparativos bélicos. Nas oficinas, em vez de polir os santos ou lixar ferramentas, os artesãos passaram a esculpir arcos e flechas. O repertório musical mudou de tom: além das litanias religiosas, os índios entoavam também seus cantos de batalha. Assim, depois de uma procissão de penitência e uma missa solene *pro gravi necessitate*, Sepé Tiaraju saiu de São Miguel comandando trezentos e cinquenta cavaleiros. Em marcha para o sul, a tropa foi arrebanhando outros Guarani.

Pelo lado oposto, representando as cortes ibéricas nos pampas, os dois generais se encontraram para alinhar a estratégia de combate. Primeiro, trocaram presentes (espadins, bengalas, relógios e fivelas, tudo de ouro). Em seguida, num banquete de gala, brindaram com taças de cristal antes de coligar seus exércitos: ao todo, quatro mil duzentos e sessenta e seis homens, entre militares de carreira, gaudérios contratados a soldo, aventureiros mamelucos, peões, escravos e índios Minuano, que haviam perdido parte de seu território para os Guarani. O trem de guerra logo pôs-se em movimento, arrastando, organizadamente, dez mil setecentos e sessenta cavalos, oito mil oitocentas e vinte e três reses para o abate, mil e vinte e uma mulas cargueiras, mil oitocentos e dezesseis bois de tração, trezentas e cinquenta e duas carretas, nove canhões de bronze e três carros só de pólvora. Após três anos de emboscadas e escaramuças inconclusivas, entremeadas por longos armistícios e falsas esperanças de revogação do tratado, eis que, no dia 10 de fevereiro de 1756, o peso reunido das duas potências europeias esmigalhou as tropas guaranis: em uma hora e quinze minutos, cerca de mil e quinhentos índios encharcaram os pampas com seu próprio sangue, na chacina do Caiboaté.

Três dias antes, na Sanga da Bica, segundo uma das versões da história, Sepé Tiaraju acabara decapitado. Seja lá como foi sua execução, o fato é que o cacique guarani perdeu a guerra; mas dali por diante eternizou-se como santo popular e mártir das lutas camponesas. Ofereceu mote a passeatas e romarias. Inspirou nomes de cidade, ruas, escolas. Mereceu monumentos, placas, bustos. Figurou num poema épico do Basílio da Gama. E batizou uma marca de chocolates artesanais.

Hoje, duzentos e sessenta anos depois, seguindo seu rastro, visito o local onde o líder missioneiro tombou, distante da sua Terra sem Males. Uma estátua do índio e uma cruz de Lorena marcam o sítio histórico, bastante abandonado. Foi aqui que Sepé subiu aos céus: num terreno baldio, a poucos metros da rodoviária de São Gabriel.

Na região central da campanha gaúcha, encontro o município em festa. A chama crioula está acesa. Nessa época do ano, pelos pampas, rebrilha uma constelação rasteira: nas portas das casas e dos galpões tradicionalistas, os candeeiros de querosene cintilam, ao lado das estrelas maiores, de fogo de chão (estrelas com cheiro de churrasco). Iluminado o salão de baile, os guascas bem pilchados, de bombacha, faca na cintura, lenço no pescoço e pala de lã de ovelha sobre os ombros, tiram para dançar as prendas ajeitadas em seus vestidos godês, com saia de armação. O gaiteiro puxa um xote gaúcho, animando o arrasta-botas:

Chimarreando só
Olhar perdido com saudade do meu bem
Chimarreando só
Esse é o amargo mais amargo que se tem

No domingo, o desfile farroupilha rodeia a praça central de São Gabriel. Os cavalos cortejam casarões antigos: no auge do gado e, mais tarde, do arroz, do trigo e da soja, os barões da cidade conheceram a prosperidade. Nabor Salgado, por exemplo, imprimia suas próprias cédulas de mil e cinco mil réis com a insígnia da Colônia Vaccacahy, aceitas como moeda paralela no comércio do centro. A Estância Campestre chegou a empregar trezentos peões. No verão, Dona Juclá Meyer, bisavó do Coronel Mesquita, buscava temperaturas mais amenas em Paris.

Hoje, no entanto, as damas já não acenam mais das varandas, apoiadas nos guarda-corpos de ferro fundido. Daquela época, muitas construções ruíram: à sombra das que resistem é que o passado continua sendo celebrado. Cumprindo seu tradicional itinerário, os cavalos passam diante dos leões da maçonaria, no pórtico da Rocha Negra, trotam em frente ao Supermercado Nacional, são saudados pelos frentistas do posto de gasolina, e seguem pela rua da Igreja do Galo. Atenta à procissão equestre, ao redor da praça, a plateia reveza cuias quentes entre si.

Exceto pela dra. Alianne Pérez Olivera, que ainda não aprendeu a gostar do chimarrão.

É a sua segunda experiência internacional: assim que se formou como clínica geral, a médica cubana foi trabalhar numa vizinhança barra pesada na Venezuela. Chegou a ficar cinco horas aquartelada dentro do hospital, com escolta da polícia, até que o tiroteio silenciasse do lado de fora. Os "malandros" traziam seus comparsas feridos ao pronto-socorro. Por vezes, já mortos nalguma briga entre gangues. Daí que, desde que chegou a São Gabriel, em agosto de 2015, dra. Alianne dedique emails diários a Dona Micaela, que coruja à distância a filha de 31 anos:

— Falo pra ela, aqui é diferente, muito mais tranquilo, não é como lá. Mesmo assim, tenho que escrever todo dia. Ela fica preocupada quando não escrevo.

Hoje, no diário para a mãe, a médica terá um relato empoeirado para oferecer: são oitenta quilômetros crus. Duas horas de viagem, erguendo a terra e as pombas, que pousam na pista para bicar os grãos que os caminhões carregados desperdiçam no frete. Nosso trajeto passa pelos arrozais. E segue além. Muito além. Há sete meses no interior do Rio Grande do Sul, dra. Alianne tem se acostumado a percorrer as vicinais intermináveis que levam aos rincões rurais de São Gabriel. Mas nunca foi tão longe como agora.

É a primeira vez que um mutirão de saúde chega ao fim do mundo.

A história é mais longa que a estrada: cinco anos depois da morte de Sepé Tiaraju, o Tratado de Madri foi anulado. As Coroas ibéricas ainda bateram muita cabeça até que Portugal incorporasse na marra o território dos Sete Povos das Missões. Para fixar de vez aquelas fronteiras desde sempre movediças, o império luso tratou então de espalhar seus cães de guarda pela região: nas tais coxilhas infindas, onde um rebanho incontável pastava solto e sem dono, meia dúzia de cavalheiros, em sua maioria militares, recebeu generosos nacos de chão para proteger e fazer prosperar. Simões Lopes Neto pôs a pena no assunto: "E cada um tinha que ser um rei pequeno... e aguentar-se com as balas, as lunares e os chifarotes que tinha em casa!... Foi o tempo do manda-quem-pode!"

Semeadas as sesmarias, ao longo das estações, o que se colheu a pulso, como se sabe, foram poucos, mas graúdos latifúndios.

No coração da campanha gaúcha, São Gabriel participou dessa seletiva bonança das estâncias. Os barões ergueram seus casarões no centro. E com a diversificação da atividade agropastoril, o gado, devidamente amansado e marcado, logo passou a ruminar ao lado do arroz, do trigo e da soja. O campo exportava gente para a cidade, enquanto expandia seus negócios, a reboque do progresso, movido a óleo diesel e veneno. Em meio àquele processo de "modernização conservadora", o que faltou a certa altura foi um defensivo eficaz contra a crise: atacadas pelos gafanhotos da economia, que a tantas quantas ressurgem em nuvens pretas, corroendo os preços das *commodities*, algumas propriedades gabrielenses, como a Fazenda Southall, por exemplo, minguaram a produção de grãos em seus mais de treze mil hectares, e começaram a pesar em toneladas as suas dívidas com a União. De olho naqueles terrenões falidos, a indústria de celulose enxergou boas oportunidades e animou-se a fincar seus eucaliptos nos pampas.

Foi quando a história deu mais uma de suas cambalhotas.

Como parte de um esforço lento e comprido, impulsionado por uma série de mobilizações populares, em 2003, pleiteando para si aqueles latifúndios mortos na campanha gaúcha, cerca de oitocentas famílias saíram juntas de um acampamento em Pântano Grande dispostas a percorrer a pé os duzentos quilômetros de estrada até São Gabriel. Sim, a mesma cidade onde o lendário índio missioneiro encontrara sua cova, mais de dois séculos depois, sugeria destino oposto aos trabalhadores sem-terra, que vinham pela BR-290 em busca de uma gleba para viver.

Foi a Marcha Sepé Tiaraju.

O caminho, como era de se esperar, apresentou suas barreiras. Em vez dos soldados a serviço de Sua Majestade, que outrora fizeram frente aos Guarani, os cavalos que vieram pela contramão, desta vez, davam as rédeas a jagunços bem trabucados. No lugar das velhas carretas de boi, uma frota de tratores e camionetes 4x4 trancou o asfalto. Liminares judiciais, impugnando o movimento, também participaram da barricada. Enquanto isso, em São Gabriel, à sombra da aproximação dos indesejados peregrinos, um panfleto anônimo foi xerocado e distribuído na rua, sugerindo algumas medidas simples, passíveis de fácil execução por qualquer cidadão de bem que porventura se sentisse contrariado pela reforma agrária:

Se tu, gabrielense amigo, possuis um avião agrícola, pulveriza à noite cem litros de gasolina em voo rasante sobre o acampamento de lona dos ratos. Sempre haverá uma vela acesa para terminar o serviço e liquidar com todos eles.
Se tu, gabrielense amigo, és proprietário de terras ao lado do acampamento, usa qualquer remédio de banhar gado na água que eles usam para beber, rato envenenado bebe mais água ainda.
Se tu, gabrielense amigo, possuis uma arma de caça calibre 22, atira de dentro do carro contra o acampamento, o mais longe possível. A bala atinge o alvo mesmo a 1.200 metros de distância.

Uma bala calibre 12 atingiu as costas do agricultor Eltom Brum da Silva no dia 21 de agosto de 2009, durante uma operação de reintegração de posse na área da Fazenda Southall. Alexandre Curto dos Santos, o "gabrielense amigo", no caso, vestia farda da Brigada Militar.

Assim, sujos de sangue, os termos de desapropriação viriam a ser publicados no *Diário Oficial*. Várias marchas e contramarchas depois, os trabalhadores sem-terra, enfim, dividiram entre si parte dos latifúndios improdutivos de São Gabriel.

Derrubar aquelas porteiras velhas, a partir de então, zerava mais um começo.

Os pioneiros vieram no escuro frio e molhado. Não chegava nunca de chover. Disseram que era bem pertinho da cidade, uns três quilômetros. Mas lá se vão quase três horas. E nada.

— Quando viemo pelo caminho, bah, tinha nego chorando dentro do ônibus.

Naquela noite de inverno, desiludidos pela lonjura, alguns nem desceram a mudança da caçamba, rejeitando o lote conquistado. Seu Antonio Valada desceu. E, junto com as outras cento e cinco famílias que escolheram ficar, correu para se abrigar do aguaceiro sem trégua. Foram quase quinze dias de acampamento improvisado, no galpão de um silo abandonado, esperando a estiagem: só então começaram a se montar os primeiros barracos de lona do Assentamento Madre Terra.

Antes de fincar estacas na própria gleba, Seu Antonio Valada passou quatro anos "fazendo luta". Nesse período, além do entulho que costumava recolher pelas ruas de Canoas, na região metropolitana de Porto Alegre, o carroceiro dedicou seu veículo de carga ao transporte das crianças que acompanhavam os pais nas marchas do MST. Sua frota equina acabou ficando pelo caminho: para sustentar a família no tempo em que viveu acampado, Seu Antonio foi vendendo os cavalos. Restaram duas éguas, que chegaram com o dono e logo se puseram a mascar o capim do Madre Terra. Era só o que havia: mato.

— Depois que o caminhão do Incra foi embora, ficou por nossa conta.

A distância seria apenas a primeira de uma longa lista de promessas descumpridas. Inóspito, o assentamento mantém um comprido e precário elo com o centro de São Gabriel e Santa Maria, as cidades mais próximas: quando chove demais, as estradas amolecem, o banhado alaga e as pontes perdem sua utilidade. Na estação do pó, pelo contrário, a vida esturrica. Por falta de escavadeira, os homens, então, têm de cavar seus poços no braço. Os mesmos calos servem para suas fossas. O de-comer, antes da primeira lavoura, vinha encaixotado. Mas não dava para confiar a fome às cestas básicas:

— Chegou a falhar três meses. Depois de um certo tempo, começou a minguar.

De tal modo que Adão Raimundo, genro de Seu Antonio, precisou carnear tartarugas e capivaras, caçadas no molho das barragens. Antes, o marido de Viviane cuidava sozinho dos quinhentos hectares do patrão: arava, plantava, aguava, colhia e ainda puxava o frete no caminhão. Depois, especializou-se no volante, e batia ponto como estradeiro de firma. Foi quando pediu demissão. Vendeu a casa em Canoas. E foi morar com a família embaixo da lona preta:

— Meu sogro foi pro acampamento. Aí a mulher quis ir. É pai, né?

De sua safra Adão tinha três filhas pequenas quando, depois de quatro anos de marchas, chegou ao Madre Terra. Sem dinheiro suficiente para os investimentos iniciais no lote virgem, o jovem faz-tudo dedicou todo vigor de seus 22 anos a cultivar um pé-de-meia. Com um currículo versátil ("Pedreiro, carpinteiro, ferreiro, mecânico, soldador, eletricista, tratorista, caminhoneiro, campeiro, secador... Eu sou quebra-galho, cara") e disposto a colocar na mesa de casa os frutos do próprio quintal, Adão alugou-se a três batentes simultâneos: às cinco engatava a grade na lavoura alheia revolvendo o chão com os dedos de metal enquanto secava arroz no silo da cooperativa indo e voltando entre um descarregamento e outro numa fazenda de soja nos arredores do assentamento. Só parava à uma da madrugada, depois de vinte horas de expediente.

— A mulher adoeceu. Teve aquela depressão, de ficar sozinha em casa.

Viviane já embalava a quarta menina quando Adão enfim bancou seu próprio plantio. Começou numa sexta-feira: seria uma jornada estendida, para não desperdiçar as diárias das máquinas, que o agricultor-tratorista excepcionalmente dirigia para si. Nas leiras entreabertas pelo arado, a terra prometida sentiu o gosto das sementes de arroz pela primeira vez. Ao longo do sábado, enquanto espalhava aquela esperança granulada pelo chão, com a aritmética básica que pôde aprender até concluir os estudos na primeira série, Adão calculava o futuro, a cinquenta sacas por hectare.

No domingo, o serviço acabou junto com a tarde.

À noite, trovejou.

Na segunda-feira, caiu o mundo:

— A água levou tudo. Não sobrou um pé na minha lavoura.

Até hoje, por conta do plantio inútil, Adão segue se desdobrando entre vários bicos para pagar as parcelas de uma dívida de seis mil reais.

Calhou que seu sogro, pelo menos, garantiu o aipim para as quatro netas. Depois de comprar uma vaca e um boi, Seu Antonio passou a lavrar seu lote com tração animal ("É melhor que com grade. A terra fica mais soltinha"). Ano passado, arrancou do chão uma batata de dez quilos ("Um pedaço dava pra uma família comer"). O solo é bom, passível de farturas. Quando não são abortadas por alguma intempérie, certas colheitas até vingam bem. Mas então, há que resistir à falta de compradores. Seu Antonio, por exemplo, acabou alimentando os porcos com as centenas de morangas que não conseguiu levar à feira:

— Se tivesse um caminhão que pegasse...

O isolamento apodreceu sua safra.

A distância é tanta que, desde que esticaram os fios até o assentamento, a eletricidade vem, mas toda capenga, tropicando pelo caminho: Seu Antonio já chegou a ficar vinte e um dias sem luz. Com a índole preguiçosa, e o sobrepeso da burocracia, o crédito agrícola também não tem fôlego para vencer o caminho até aqueles confins: uma única vez, para cercar o lote com arame, Adão recebeu do Incra dois e mil e quatrocentos reais — montante que só dava para fechar a frente do terreno. Ir e voltar do centro de São Gabriel custa quarenta e oito reais. Um dinheiro que Seu Antonio desembolsa com alguma frequência, buscando o hospital para recalibrar os pulmões defumados por trinta e oito anos de pito.

Hoje, no entanto, pela primeira vez desde que a Fazenda Santa Rita foi desapropriada para servir à reforma agrária, inverteu-se o sentido habitual dos deslocamentos. Nesta manhã, em vez dos pacientes, o médico é que enfrenta a viagem.

Uma viagem inédita. E que levou bem mais que duas horas de estrada de chão: demorou sete anos para que a dra. Alianne Olivera enfim chegasse ao Assentamento Madre Terra.

A tripulação da unidade móvel de saúde desembarca batendo o pó do jaleco. Há dois meses, três vezes por semana, as equipes se revezam percorrendo os caminhos das roças de São Gabriel. Adaptado com uma estrutura básica para o atendimento médico e odontológico, o ônibus branco, disfarçado de marrom, trava o freio de mão ao lado da escola. Uma agente de saúde posiciona a balança em frente ao refeitório, enquanto as outras moças de colete verde trazem as pastas com as fichas das famílias assentadas no Madre Terra. As enfermeiras orientam as filas para a triagem e para a retirada de medicamentos na farmácia, contida numa caixa de plástico. O professor Bento interrompe a resolução de uma equação de primeiro grau para que seus três alunos possam participar da palestra, na sala ao lado: antes de acionar seu temido motorzinho e distribuir obturações entre os que precisam, os dentistas projetam imagens de arcadas carcomidas pelos açúcares. Alertadas pelos riscos da negligência, as crianças parecem sentir uma vontade irresistível de escovar corretamente a boca. Algumas mulheres saem de uma conversa educativa sobre doenças venéreas e, enquanto aguardam a consulta, aproveitam para passar no salão de beleza — picotando uma franja, conversadeira como convém à sua profissão, Vera justifica a presença de uma cabeleireira num mutirão de saúde:

— É autoestima, né?

Ao mesmo tempo, organizando os blocos de receituário, as fichas de encaminhamento, a bisnaga de álcool gel, o carimbo, os abaixadores de língua e o estetoscópio sobre uma mesa redonda, em que os estudantes geralmente se debruçam sobre os livros, dra. Alianne improvisa seu consultório dentro da pequena biblioteca da escola.

No primeiro atendimento do dia, Ana Cristina Flores conta à médica seu sufoco no inverno passado:

— Trancava o ar. Tinha que dar uns grito praquilo sair.

Além da asma, a paciente apresenta um quadro crônico de hipertensão. Há que seguir o tratamento, caprichando na disciplina. E colher algumas lâminas para atualizar o prontuário. Sem queixas adicionais, dobrando ao meio as prescrições e os pedidos de exame assinados pela dra. Alianne, a mãe cede a vez à filha: aos 24 anos, desde seu segundo aborto espontâneo, Daniela Flores reclama de dores intermitentes pelo corpo:

— Depois que fizeram a raspagem no útero, comecei a passar muito ruim.

Por duas vezes, lhe brotaram gêmeos. Mas aos quatro meses de gestação, pontualmente adiantadas, as barrigas se precipitaram nas contrações. Das dores de ambos os partos, Daniela não colheu a maternidade.

Querendo saber mais sobre aquele ventre ansioso, dra. Alianne preenche um pequeno calhamaço de solicitações para o laboratório, junto com o encaminhamento prioritário para um ginecologista. Fazia três anos que Daniela não procurava um médico.

— Na primeira vez eu fui, direitinho. Na segunda, me desgostei...

Viviane Morais, a paciente seguinte, é caso oposto de fertilidade: seus cinco filhos rodeiam a mesa da doutora.

São os netos de Seu Antonio Valada.

O piá chegou há um ano e três meses, encerrando a sequência de gurias. Naquele dia, como de costume, Adão Raimundo pegava no pesado: depois de carregar dois caminhões com arroz ("Sabe como? De pá!"), ainda todo grudado ao pó do expediente, o pai entrou no hospital de São Gabriel pouco antes de Victor Micael nascer. Com o colo já abarrotado, aos 27 anos, Viviane havia pedido a laqueadura. Mas em vez de ligar-lhe as trompas ali mesmo, nos arremates da cesárea, o obstetra de plantão entregou à parturiente um cartão de visitas, com os contatos de sua clínica particular. Desde então, sem bolso para arcar com a anticoncepção definitiva, além de reunir o dinheiro para voltar a fertilizar seu lote, mais uma preocupação constante de Adão é que a esposa não lhe gere outro caçula.

O menino parrudo, enfeitado de cachos, dorme no colo da mãe. Subindo a escadinha, dra. Alianne puxa assunto com a mais velha: Qual seu nome? Que idade tem? Está na escola? Mora perto daqui? Você se sente bem?

Aos 11 anos, Stéfany já acusa as cólicas da puberdade. Viviane deseja o impossível:

— Ai, filha, continua pequenininha!

Kételin Gabrieli e Any Kerolayne estão sarapintadas de manchas brancas. Victória Mikaela acha graça de tudo ("O forte dela é sorrir"). Por conta do "bichinho" que a menina de quatro anos fez aparecer na latrina, dra. Alianne prescreve um vermífugo para toda a família ("Mas tem que tratar de ferver a água. Se não, não vai adiantar"). Viviane, por fim, ergue uma das sobrancelhas quando a médica ausculta um chiado em seus pulmões, devotados ao hábito herdado do pai. No papel de nova moça da casa, Stéfany a repreende:

— Viu o que dá fumar?

Terminada a consulta, as netas reencontram o avô no corredor da escola. À espera de ser atendido, Seu Antonio conta a um compadre a última:

— Botaram veneno na soja ali, morreu uma égua e uma potranca do meu filho. Égua boa... chegaram a oferecer cinco mil e o guri não vendeu. Morreu envenenada.

Salvador Fernandes lamenta a perda, enquanto Vera apara-lhe o bigode. Ao longo do dia, entre mais de trinta visuais repaginados, a cabeleireira só não convenceu Viviane a tosar os cachos de Victor Micael. E também gastou a lábia em vão com um jovem cabeludo: esgueirando-se das tesouradas de Vera, depois de passar com os dois filhos pelo consultório médico, Felipe Biernaski conseguiu voltar com as madeixas intocadas para sua casa, na Comuna Pachamama.

A Utopia é uma ilha cercada de soja transgênica por todos os lados. É só cruzar o arame, e lá fora a monocultura acarpeta o mundo de novo. Há que demarcar a diferença:

aqui, nestes cem hectares, dentro do Assentamento Madre Terra, na fronteira com uma grande fazenda, a vida destoa completamente da vizinhança.

Neste canto dos pampas, pastam abelhas. Ordenha-se mel. No arrozal, para combater as pragas, priorizam-se remédios que não tenham caveiras desenhadas na embalagem. Por exemplo: poleiros. O funcionamento é simples: sentindo-se bem-vindo diante das varinhas de madeira, o gavião pousa. O resto é Darwin: além de comer os caramujos no alagado, liberando os brotos daqueles estorvos conchudos, por questões hierárquicas, a ave de rapina também serve de espantalho — diante do maioral atuando na área, os pássaros pretos não ousam se aproximar para assaltar a safra.

Assim, em vez de veneno, aplicam-se certas astúcias na lavoura. O homem abraça a natureza pela cintura: o movimento é conjunto. Não basta só a força física para bater enxada sob o sol. Ou a potência das máquinas submetendo o chão, na marra, aos desígnios do produtor. O campo também é território da inteligência.

— Precisa conhecer os ciclos naturais, do clima, da lua. Precisa conhecer a terra. Cada planta que nasce indica uma coisa, talvez uma falta de nutriente no solo. Precisa de muito conhecimento pra trabalhar no campo.

Tiago Vasoler foi iniciado nas ciências da roça pelo pai, um pequeno agricultor de Erval Grande, que na década de 1980 empunhou as bandeiras do MST, mas não chegou a ser assentado. O filho deu sequência à marcha paterna: depois de alguns anos de acampamento itinerante pelo Rio Grande do

Sul, Tiago saiu debaixo da lona preta para fixar moradia no Madre Terra. E não veio sozinho:

— Por mais que seja longe, aqui era o único lugar que podia juntar vários lotes e fazer uma terra coletiva.

Seis jovens gaúchos decidiram conjugar seus hectares e suas vidas dentro do assentamento: assim nasceu a Comuna Pachamama.

Desde então, pelo menos uma vez por semana, como os demais convivas, Tiago cumpre seu turno na cozinha, preparando o almoço geral. Um dos princípios de organização do grupo é a contínua ciranda das tarefas cotidianas: do plantio à colheita, da faxina às reuniões políticas, da construção do galinheiro à troca de fraldas, ninguém tem uma posição cativa na engrenagem comunitária. Além do mais, o rodízio é transgênero: não tem isso de lugar de homem ou de mulher. De modo que uns e umas se revezam pilotando o fogão. E outros utensílios menos domésticos.

— Quando as meninas passam dirigindo trator, gera uma inquietação dentro do assentamento.

Com 26 anos nas costas e um pano de prato no ombro, Tiago picota mandiocas sobre a tábua de madeira. As cascas temperam a composteira: aqui, todo resto de fruta, verdura, raiz ou legume reencontra a terra como adubo, alimentando mais frutas, verduras, raízes e legumes. Lavar a louça irriga o pomar: lá fora, as bananeiras crescem bebendo água desviada da pia. No banheiro seco, a palha usada como descarga é refugo do arroz de safra própria, que agora amolece no fogo. Completando o cardápio, antes de ralar as cenouras colhidas na horta, o cozinheiro da vez enche a panela de pressão com feijão preto para oito adultos e seis crianças — a atual população da Comuna.

De acordo com a escala do dia, enquanto Tiago apronta a comida, Lisiane Rodriguez, 24 anos, e Guillermina Storch, 25, brincam com a turminha aloirada. A sala ao lado da cozinha serve como jardim interno de infância, já que o sol vai quase a pino. Amaru, 3 anos e meio, que há pouco se desentendeu com Maya, quase 3, por conta de um carrinho de madeira, volta à roda bem mais calmo depois de alguns minutos no cantinho da reflexão. Tais pedagogias até reforçam a lição, mas o que melhor ensina as crianças daqui a dizer "nosso" em vez de "meu", desde cedo e naturalmente, é o exemplo da gente grande.

— Faz um ano que decidimos que toda grana que entra é de todos. Se não temos nada, ninguém tem nada. Mas se tem alguma coisa, todos temos. Dá aquele medo. Mas tá muito bom.

Além dos rendimentos do trabalho, da propriedade da terra, dos meios de produção (o trator recém-comprado, por exemplo) e dos rumos da Comuna Pachamama ("Todo mundo tem que decidir e estar consciente do que tá fazendo"), Lisiane explica que, na conta da socialização, entra também a relação com as crianças:

— A gente não trabalha com instituição familiar.

De modo que, além de cinco irmãozinhos, cada piá desfruta os cuidados de quatro pais e quatro mães.

Neste colo ampliado cabem ainda os quatorze alunos da escolinha do assentamento. No começo do Madre Terra, a unidade de ensino menos distante exigia o despertador às quatro da manhã, uma caminhada escura de dois quilômetros até o ponto de ônibus e uma viagem de pelo menos uma hora por estrada de terra. Depois da aula, com o retorno todo pelo caminho inverso, a gurizada só chegava em casa à noite.

— Falar em escola pras crianças era trauma.

Embora seus filhos ainda não tivessem tamanho para as séries do fundamental, os pais da comuna foram protestar na praça central de São Gabriel, conseguindo junto ao poder público a construção da Semente Libertária, primeira e única escola do Madre Terra.

— Ninguém ia trazer pra nós se nós não fosse buscar.

Ano passado, suas vozes voltaram ao asfalto: desde então, uma Kombi encurta o caminho dos alunos espalhados pelos mais de dois mil hectares do assentamento. Lucas Macuco tirou carteira de motorista para servir de perueiro. Daiane Marçal dá aula de história para Stéfany e Kételin, filhas mais velhas de Viviane e Adão, netas de Seu Antonio Valada. E enquanto o ensino médio não chega tão longe, o próximo passo é transformar a sede da extinta Fazenda Santa Rita numa área de lazer ("Imagina os jovens desse lugar, a oitenta quilômetros da cidade. Não tem um campinho pra jogar!"). Ainda que destoe em muitos aspectos do seu entorno, a Pachamama não chega a ser um condomínio fechado dentro do Madre Terra:

— A gente tenta se comprometer um pouco mais além da nossa vida cotidiana.

Com quase todos à mesa, Guillermina ajuda Amaru a cortar a mandioca cozida. Tiago acaba de servir o almoço. É quando retorna o tal cabeludo, que logo cedo foi levar dois de seus filhos até a unidade móvel de saúde (outra briga vencida, estacionada ao lado da Semente Libertária).

Natural de Santo Ângelo, na região dos Sete Povos das Missões, Felipe Biernaski cresceu ouvindo histórias da Guerra Guaranítica. Aos 19 anos, o estudante de jornalismo abandonou a faculdade e saiu de casa, no encalço das lutas campesinas. Acabou por reencontrar Sepé Tiaraju, seu ilustre conterrâneo, justamente em São Gabriel. Aqui, onde o velho índio findou, Felipe foi um dos que lavraram o princípio da Pachamama, uma espécie de parente distante das Missões. Mas sem catedral: embora comungue nalguma medida daquele comunismo apostólico ("Todas as coisas lhes eram comuns") que tanto inspirou a sociedade entre os Guarani e os jesuítas, o espírito geral da comuna não se reveste com as roupagens da fé. Nesta versão moderna da Terra sem Males, Deus está livre do rogo dos homens. Eis a Novíssima Trindade: a produção agroecológica, o feminismo anticapitalista e o socialismo libertário. Tudo ungido pelas palavras de Proudhon, Bakunin e companhia: o anarquismo picha seu "A" na janela vermelha da cozinha comunitária. Felipe agora partilha a refeição.

— O Madre Terra tem potencial para ser um assentamento modelo. Mas a gente não acredita que uma família, com quinze hectares, nessa distância, com essas dificuldades estruturais, tenha condições de se manter aqui. Tu vive. Mas só vive. Não tem qualidade de vida nenhuma. Pro assentamento dar certo tem que ter minimamente algum grau de cooperação. Não precisa ser a comuna. Mas vamos combinar a produção, vender junto, ter meio de transporte coletivo pra escoar a safra, aproveitar o potencial do silo. Aquele jeitinho camponês de viver isolado no seu lote com a sua família, aqui não tem como.

Depois do almoço, os piás buscam o colo dos colchões, recostando na soneca habitual. Faz-se o silêncio da sestinha.

É quando um rugido vem crescendo pelo ar.

— Não tem a menor necessidade de passar aqui, por cima da barragem, das casas. Nossa caixa d'água não tem tampa. Tava todo mundo com diarreia esses dias atrás...

A ducha agrotóxica faz a curva bem em cima da Comuna Pachamama, aos respingos, antes de retomar sua rota de voo e reabrir seus jatos, pulverizando a soja da vizinhança.

A Utopia é uma ilha: enquanto as fazendas empregam pássaros de ferro, há quem acredite na soberania dos gaviões.

O GAVIÃO
Altamira, Pará

Naquele tempo, a natureza só tinha chocado o gavião. O céu não conhecia nenhum outro pássaro. O infinito inteiro se abria ao dispor, única e exclusivamente, de um par de asas. O gavião voava sozinho.

Pela floresta, zumbiam os marimbondos, murmurejavam os igarapés, esturravam as onças. Mas nada de trinados, gorjeios, chilros, ruflos, cacarejos, redobres, pios. Por falta de peitos plumados onde pudesse se abrigar, o canto das aves continuava recluso no oco do silêncio. Só o gavião guinchava. Para servi-lo, as árvores esticavam seus galhos, disputando entre si o poleiro absoluto. Diante de tantas copas tão frondosas, o gavião escolheu o jatobá. Desde então, pousado lá no alto, o rapinador avista bem a aldeia dos Xikrin.

No centro exato da clareira, a Casa dos Guerreiros ordena o círculo de palhoças. Logo cedo, os índios apeiam de suas redes e saem bocejando ao terreiro, cobertos apenas pela névoa matutina. O desjejum é servido. E quando as cuias se esvaziam, seguindo a rotina, as mulheres encaixam crianças nas ancas, penduram cestos de arumã a tiracolo e se apressam para aproveitar o fogo brando do sol. A exemplo dos outros meninos de seu grupo de idade, Kukrut-uire e Kukrut-kakô também pegam o caminho da roça. Os irmãos acompanham a avó, que vai colher batatas.

De cima do jatobá, o gavião espreita.

Depois da trilha até o batatal, curvada sobre a folhagem rasteira, a avó umedece as canelas com orvalho. Os tubérculos maduros se desabraçam da terra. O cesto de arumã vai aninhando a colheita. Como de costume, Kukrut-uire e Kukrut-kakô competem para ver quem arranca a maior batata. Os dois irmãos se entretêm assim, revirando o roçado. Até que o chão lhes oferece outra brincadeira: um rastro fresco afasta os meninos da avó, levando-os para a mata, até a borda de um buraco habitado. Kukrut-uire e Kukrut-kakô demoram ali, agachados, atrapalhando o sossego de um tatu.

É então que o gavião decola do alto do jatobá. Desce com as garras abertas. Põe a mira num rasante certeiro. E volta pro céu carregando a avó.

Entretidos com o tatu, os netos são alarmados pelos gritos. Mas é tarde: quando Kukrut-uire e Kukrut-kakô olham para cima, a avó já voa longe nas unhas do gavião.

Cedendo ao susto e à impotência, os meninos voltam correndo e chorando para a aldeia.

Depois de ouvir o caso soluçado pelos irmãos, os Xikrin preparam a revanche. Para vingar a avó, Kukrut-uire e Kukrut-kakô serão os caçadores do gavião. Antes, contudo, os meninos precisam endurecer o corpo para fazer frente ao monstro alado. Nos modos da tradição, os dois são levados pelos mais velhos a um poço mágico. Obedientes, Kukrut-uire e Kukrut-kakô mergulham. Quietinhos, de molho, eles esperam... Cinco dias rodam com cinco noites — no ventre da água, dá-se a gestação dos guerreiros. Quando os mais velhos retornam, os meninos emergem do poço compridos como tabocas, completos de virilidade.

De volta à aldeia, as mulheres pintam armaduras de jenipapo sobre a pele dos dois homenzarrões. O pajé cobre os irmãos com um escudo de fumaça perfumada. No bailado da guerra, o bate-pés coletivo despedaça o terreiro em nuvens marrons. Por fim, bem abençoada e armada, a dupla sai para dentro da mata. Kukrut-uire com seu arco e suas flechas. Kukrut-kakô com sua borduna.

Aos pés do jatobá, os irmãos provocam o gavião.

— Piiipiiipiiitchuuu!

Pesado de raiva, o rapinador desaba do céu, faz a curva rente ao chão, mas retorna para o poleiro sem ferir nem ser ferido.

— Piiipiiipiiitchuuu!

Outra investida frustrada, sem definir caça nem caçador.

— Piiipiiipiiitchuuu!

No terceiro rasante, enfim, Kukrut-uire espeta sua flecha envenenada com banha de jararaca bem no peito do alvo. Como golpe de misericórdia, descarregando um trovão de dentro de sua borduna, Kukrut-kakô ensina ao gavião o pouso definitivo.

Os irmãos se abraçam, celebrando a memória da avó. Em seguida, à sombra do jatobá, os dois sentam para limpar a carcaça abatida. É então que, cedendo à infância enrustida em seus corpanzis, os meninos-homens combinam uma brincadeira nova como funeral do rapinador. Kukrut-uire começa: depois de arrancar uma pena do gavião, joga-a para o alto e sopra nela uma arara, que sai borrando o céu de vermelho. Kukrut-kakô imita o gesto e sopra noutra pena o primeiro jacu. Kukrut-uire faz voar um mutum. Kukrut-kakô dá asas ao japiim. E assim os irmãos se alternam... Quando o gavião já está quase todo depenado, a floresta encanta os Xikrin com sua voz colorida de trinados, gorjeios, chilros, ruflos, cacarejos, redobres, pios.

Soprando vida sobre as penas do gavião morto, Kukrut-uire e Kukrut-kakô enfeitaram o mundo com os passarinhos.

Em 1959, os Xikrin mataram dois garimpeiros na Ilha da Fazenda. Luís Neto, patrão de um seringal que funcionava ali perto, na Volta Grande do Rio Xingu, armou seus homens para o revide. Ou talvez fosse a tréplica, o revide do revide do revide... àquela altura, já não havia mais como lembrar o estopim dos conflitos que grassavam pela região. Disputando território à bala, seringalistas se matavam uns aos outros, ou então assassinavam seringueiros que, se escapavam do mando de seus próprios patrões, corriam o risco de tombar pelas mãos dos índios, o que fazia com que os seringalistas se aliassem aos garimpeiros para trucidar aldeias inteiras, como retaliação por seus homens mortos a flechas... Inserida naquela espiral insana de ataques e contra-ataques que misturavam látex com sangue no sul do Pará, a trabucada comitiva de Luís Neto partiu para mais uma chacina. Por algum acaso, contudo, a missão não foi cumprida. Pelo meio do caminho, a milícia deu meia volta. Ao menos daquela vez, seringueiros e garimpeiros não chegaram às vias de fato com os Xikrin.

Foi quando chamaram o Chico Meireles. Desde que fizera contato com os Xavante no Mato Grosso, em 1946, o sertanista acumulara experiência e prestígio no indigenismo. Meireles era um dos principais pontas de lança do SPI (Serviço de Proteção aos Índios), órgão oficial responsável pela atração e pacificação dos povos indígenas ameaçados pela violência das "frentes de expansão". Certos críticos acusam aqueles sertanistas de, na verdade, servirem como abre-alas ao processo de colonização, desocupando o terreno e facilitando o avanço de fazendeiros, pecuaristas e demais patrões. Em cinquenta e sete anos de atuação, o SPI variou muito, renovou seus quadros, dividiu opiniões. Para não julgar de longe, a tantas décadas de distância, é preciso emoldurar aquela época: por caminhos feitos (literalmente) a ferro e fogo, boiadas rompiam sem rédeas, tratores bufavam país adentro. E mesmo quando os encontros não descambavam para o confronto, os forasteiros acabavam vitimando os nativos com um sortido arsenal de vírus e bactérias. Diante do passo duro e desordenado do progresso nacional, alguns sertanistas faziam as contas e defendiam que o contato pacífico, se não chegava a zerar o inevitável saldo mórbido do choque civilizatório, ao menos atenuava as baixas, evitando o genocídio de povos inteiros. Para Chico Meireles, naquele contexto, era preciso calçar as botas e agir logo:

— Ou o índio se integra rapidamente ou será exterminado.

Enviado pelo SPI à região de Altamira, no coração das trevas do Pará, Meireles já havia subido o Iriri para encontrar os Kararaô no Igarapé Limão. Depois fizera contato com os Kayapó no Igarapé Bom Futuro. E agora desenhava sua rota às margens do Rio Bacajá, buscando atrair os Xikrin arredios como forma de protegê-los da sanha extrativista e, ao mesmo tempo, assim acreditava o sertanista, prepará-los para enfrentar o mundo novo e hostil que se avizinhava.

Por diplomacia e economia (tendo em vista a pindaíba do SPI), Meireles costumava recrutar sua equipe entre os próprios seringueiros e garimpeiros, cedidos pelos patrões. Mas a conversão da milícia sanguinária em missão humanitária exigia métodos paradoxais. A paz precisava falar no idioma da guerra. Fiel à linhagem de Rondon, e radicalizando o célebre lema cunhado pelo patrono dos sertanistas ("Morrer, se preciso for; matar, nunca"), quando a expedição se preparava para sair, Meireles convocou uma conversa preparatória e, depois de explicar como seria o trabalho em campo, tirou a pistola da cintura para advertir os vinte e cinco homens que o acompanhariam:

— Se alguém atirar nos índios, eu vou matar com esse revólver.

Mas ninguém gastou munição contra ninguém. Evitando aldeamentos fixos, os Xikrin do Bacajá perambulavam pela mata: como alvos móveis, tornavam-se mais escorregadios às garras inimigas. Despistado pelos índios, quando o rancho minguou, Chico Meireles teve de voltar frustrado para a base.

Dias depois, noutra expedição do SPI, quem fez o contato foi o Afonsinho.

O tarimbado sertanista narra, através da própria biografia, os capítulos mais recentes da história da região: seu pai, cearense, e sua mãe, maranhense, chegaram à Amazônia, como milhares de outros nordestinos, em busca do Eldorado da borracha. Afonso Alves da Cruz nasceu e virou menino num seringal à beira do Rio Xingu. Contava seis anos de idade quando aconteceu: numa brecha do expediente dedicado às árvores do patrão, seu pai saiu para cuidar da roça da família... voltou para casa morto: uma flecha dos Assurini deixou Afonsinho órfão.

Sem índole para cultivar vingança, o menino chegou à mocidade se negando a retesar o arco da violência que alvejara seu pai: aos 16 anos, juntando as pontas de sua tragédia pessoal, Afonsinho começou uma longa carreira no Serviço de Proteção aos Índios. Desde então, entre outras missões, o sertanista morou com os Kayapó na aldeia Gorotire, trabalhou na construção de um campo de pouso para facilitar o acesso aos Kubenkranken, e caminhou quarenta dias até encontrar um grupo Menkragnoti no Rio Iriri, antes de retomar a expedição frustrada de Chico Meireles: se embrenhando por trilhas inéditas, Afonsinho fez contato com os Xikrin do Bacajá.

Entre os doze homens que acompanhavam o sertanista, vinham junto cinco índios, enviados à frente como intérpretes. Beprê e Nodjuro eram Kayapó. Aiembi, Ingremaií e Nikarono eram Xikrin de outras redondezas: os Xikrin do Bacajá restavam como o último bastião isolado da etnia. Depois de abrirem a conversa com os "brabos", os tradutores negociaram com o cacique os termos do encontro. O clima era tenso. Desconfiado com a chegada dos forasteiros, um dos anfitriões se negou a cumprir o protocolo das cortesias e avançou com a borduna em riste na direção de Afonsinho. Outros índios intervieram a tempo de impedir a agressão. Baixada a poeira do mal-entendido, Aiembi fez um discurso no meio da aldeia para esclarecer as razões da visita. Os ânimos foram apaziguando. Mas a calamidade era incontornável: se adiantando à expedição do SPI, a gripe já havia encontrado os Xikrin do Bacajá.

Alguns dias depois, ao voltar para o escritório em Altamira, Afonsinho solicitou medicamentos. Mas a farmácia seguia desfalcada, assim como o caixa da instituição. Sem remédios nem enfermeiro, morreram pelo menos cinquenta e cinco índios, mais de um terço da aldeia.

Na expedição seguinte, quando o sertanista retornou ao Bacajá, os Xikrin sobreviventes estavam escondidos outra vez na mata. A fuga era uma tentativa inútil de escapar ao feitiço letal com que os *kuben* haviam lhes amaldiçoado. De volta ao local do primeiro contato, a equipe do SPI cumpriu uma ronda de praxe pela aldeia vazia.

Ou quase vazia...

Duas índias, mãe e filha, haviam ficado para trás na correria de seus parentes. O sertanista veio se aproximando delas, devagar, sem querer acreditar no que testemunhava...

A menina aparentava ter uns três anos, talvez menos. A mulher, jovem ainda, continuou estirada, sem reagir à chegada do *kuben*. Morrera há pouco, um ou dois dias, deduzia-se, já que a alma havia secado no corpo da índia. Mas o leite, não: a criança, assustada e suja, mamava no cadáver da mãe.

Afonsinho ajoelhou diante das duas.
E pegou a menina no colo.

Altamira. Chego, ironicamente, durante um apagão elétrico. O noticiário me prevenira quanto à violência urbana, o esgoto correndo a céu aberto pelas ruas esburacadas, as remoções compulsórias e as casas populares recém-construídas já rachando nos reassentamentos da periferia, o descalabro no sistema de saúde, os preços altos de tudo, enfim, eu até esperava uma cidade sequelada pela construção de Belo Monte. Mas contava que a usina, a terceira maior hidrelétrica do mundo, pelo menos me garantisse o ar-condicionado no hotel...

No começo da noite, a Norte Energia libera os megawatts confiscados. Então, os mosquitinhos tomam conta da orla, se embebedando nos postes acesos. Com o sol fora da tomada, aproveito para caminhar até o Rio Xingu.

Desde as primeiras borbulhas que espocam no Mato Grosso, são dois mil quilômetros de engorda, atravessando o Cerrado e rabeando pela floresta, até diluir um pouco o barro do Amazonas. Nesse trajeto, o rio lambe Altamira. E logo adiante escreve um "u" de água no mapa do Pará. É a tal Volta Grande do Xingu.

O projeto é antigo: nos anos 1970, a ditadura planejava coar o Rio Xingu com seis hidrelétricas. Mas os índios se pintaram, Tuíra brandiu o facão na cara de um diretor da Eletronorte, Sting cantou mundo afora contra o crime ambiental, e já que os cofres públicos nem dariam conta dos custos da obra mesmo, então os faraós engavetaram o projeto.

Trinta anos depois, Kararaô ressurgiu como Belo Monte.

Além da alcunha em português (uma vez que os índios, em suas respectivas línguas, emprestavam ao empreendimento apenas nomes impróprios), a maquete original também foi remodelada. Adiantando-se às críticas dos ambientalistas, a nova usina foi projetada para provocar um dilúvio de proporções menos bíblicas: no lugar de mil e duzentos quilômetros quadrados, como previa o projeto dos militares, o reservatório de Belo Monte inunda agora uma área de cerca de quinhentos quilômetros quadrados (o equivalente a, pelo menos, sete mil setecentas e noventa famílias atingidas). Para conter um inchaço ainda maior das águas, a solução foi construir um enorme vazamento no lago da barragem: assim, pouco antes de dar com a cara no muro, o Xingu escoa por um igarapé moderno. Desobedecendo sua natureza, em vez de contornar os cem quilômetros da Volta Grande, oitenta por cento do rio segue reto por esse atalho e percorre apenas vinte quilômetros por um canal de concreto e brita. As águas atiçam as dezoito turbinas da casa de força principal, antes de se reconciliarem com seu leito natural. Para abastecer Belo Monte, um novíssimo "Y" drenou o velho "U" da paisagem. À Volta Grande, sobrou apenas um fiapo do Xingu. Quer dizer: como forma de evitar o alagamento de comunidades ribeirinhas e aldeias indígenas, engenheiros federais calcularam que menos pior seria secá-las.

Embora seja possível abrir as comportas da usina para calibrar a vazão reduzida nesta longa curva do rio, o fato é que a estiagem artificial já murchou cachoeiras, aflorou pedrais e desafogou bancos de areia. Assim como as duzentas e setenta e três espécies de peixes catalogadas na região, os barcos maiores também não encontram muito mais onde nadar. Tanto é que o dr. Elvis Salazar já não desce mais o Xingu de voadeira, como fez em suas primeiras viagens, há pouco mais de dois anos. Hoje, para atender os Xikrin no Rio Bacajá, que deságua justamente na Volta Grande, o médico cubano tem de embarcar na camionete do Distrito Sanitário Indígena de Altamira. Os militares já profetizavam a falta do caminho líquido. Nos anos 1970, a ditadura nos legou o acesso terrestre: de carona com a equipe de saúde, viajo pela Transamazônica.

Ao meu lado no banco de trás, a enfermeira Kelly Santos reforça por escrito as recomendações à filha adolescente, aproveitando os últimos suspiros do WhatsApp, enquanto não saímos do asfalto e do alcance da rede. Moisés Ribeiro, o motorista, colou por dentro do para-brisa o clássico retrato infantil, desenhado por Rebeka: com duas trancinhas no cabelo, a filha dá uma das mãos à mãe e a outra ao pai, que se ausentará da casa florida pelos próximos dez dias. O dr. Elvis vai de passageiro na frente, enquanto o rádio toca "Canción del elegido" ("Isso é Silvio Rodríguez, rapaz!") para embalar mais uma viagem dentro da viagem maior: Evin Bragner, de 6, e Elvis Brayan, de 8 anos, esperam em Cuba, enquanto o pai médico cumpre seu expediente em Altamira.

Logo ao nascer, há 47 anos, dr. Elvis travou um precoce e decisivo contato com sua profissão atual. Da sala de parto foi preciso correr logo à de cirurgia: uma operação de emergência alargou-lhe o canal entre o estômago e o intestino delgado, estendendo-lhe a vida.

— Fui crescendo com essa coisa na cabeça. Minha mãe me falava: "Você está vivo por um milagre". Fui interiorizando aquilo, sabe?

Filho de uma professora primária e de um caminhoneiro, tomando seu caso pessoal como régua ("Quando eu era criança só pensava em médico como cirurgião, que abre a barriga"), o menino acabou, com o crédito de sua própria existência, atribuindo certa mística àquela ciência salvadora. E conforme galgava a carreira escolar, escorado em notas altas, Elvis passou a acreditar também no incentivo dos professores, que reconheciam em sua disposição de bom aluno a vocação para a clínica. Assim, num esforço conjunto, o acaso milagroso e as médias do boletim costuraram um jaleco sob medida para o primeiro médico da família Salazar.

Diferente do que imaginava quando menino, dr. Elvis escolheu exercer a medicina, justamente, para além da ponta do bisturi. Como clínico geral, cuidou da saúde de seus vizinhos na província de Villa Clara, antes de sair de Cuba para sua primeira (e longa) missão no exterior: ao todo, foram sete anos na Venezuela, atendendo comunidades rurais. A segunda viagem a trabalho levou-o mais longe: em 2005, já com uma pós-graduação em cuidados intensivos para pacientes graves, o médico cubano se alistou numa brigada internacional de emergência em desastres naturais, e foi para o Paquistão socorrer os sobreviventes de um terremoto brutal, que sacudiu as montanhas da Caxemira por dez segundos, matando setenta e cinco mil pessoas. De volta a Cuba, dr. Elvis passou a se dividir entre os plantões na UTI e o expediente como professor na faculdade de medicina. Evin e Elvis saíram das fraldas com o pai por perto. Mas depois de três anos de convivência ininterrupta, a família Salazar desabraçou-se outra vez: em meados de 2013, dr. Elvis desembarcou sozinho no Brasil. Hoje, acompanho sua décima terceira expedição como médico do Distrito Sanitário Indígena de Altamira.

Desde que a barragem de Belo Monte foi concluída, e as voadeiras passaram a raspar o casco no leito ressecado da Volta Grande, a equipe de saúde só flutua sobre o Xingu de uma margem à outra: no trecho da balsa, Moisés desce da camionete para pagar a tarifa. Meninos proliferam de todos os cantos, com isopores a tiracolo, vendendo Cremosinho. Alguns passageiros aproveitam a travessia para arrastar seus anzóis pelo rio. Em terra firme outra vez, seguimos pela Transamazônica até Anapu, município que ganhou notoriedade internacional por conta do assassinato da irmã Dorothy Stang a mando de um fazendeiro (mesmo depois de encerrado o ciclo da borracha, o faroeste paraense segue colhendo suas vítimas). Então, Moisés embrenha a camionete por um travessão desencapado, setenta quilômetros de poeira e sacolejo. Kelly empalidece de enjoo, enquanto a floresta borra as janelas. A viagem completa quatro horas, de Altamira até a aldeia Poti-krô. Somos recebidos por Suzana Bicudo, técnica de enfermagem que trabalha e mora no posto de saúde, cumprindo uma escala de três meses na floresta para um mês na cidade. Ajudo a descarregar as caixas com gelo, comida, remédios e vacinas, empilhadas na caçamba. Depois acompanho o dr. Elvis, que vai lavar um isopor lambuzado de ovos quebrados. Aproveito para molhar o rosto no rio.

Às margens do Bacajá, encontro os Xikrin.

O Serviço de Proteção aos Índios reencontrou os Xikrin do Bacajá em 1961, dois anos após o primeiro contato feito por Afonsinho. Reagrupando os sobreviventes do surto de gripe, uma aldeia grande havia se formado no Igarapé Carapanã. O SPI enviou uma expedição ao local. Na linha de frente, desta vez, entre outros índios, um jovem Kararaô serviu como intérprete entre os sertanistas e os Xikrin, ainda rescaldados pelo trauma da experiência anterior. Foi então, naquela viagem a trabalho, que Bepôti, o tradutor, puxou assunto com Kôkprin.

— Fui buscar lá dentro do mato, lá dentro. A índia tava brava ainda. Até hoje tô amansando.

Kôkprin esconde com a mão o sorriso tímido, aberto pela brincadeira do marido. Desde aquela primeira conversa, há mais de cinquenta anos, o casal segue se entendendo bem. Consumado o contato, o intérprete decidiu não voltar com os sertanistas: mestiço de índio com ribeirinha, o jovem Kararaô casou-se com Kôkprin e temperou os filhos com seu sangue já misturado, se incorporando de vez ao povo da esposa. Hoje, quase octogenário ("76, mas pode ser mais"), com o topo da cabeça matejado de branco, Bepôti, ou Seu Mauré, como é mais conhecido, já não desfruta mais do vigor mateiro de quando rastreava os Xikrin batendo facão pela floresta:

— A coluna que dói... E o cansaço. Se eu andar muito assim, meu coração esquenta. Fico mais em casa.

Na rede, de óculos, Seu Mauré trança as horas com a palha. Três cestos de arumã pendurados na parede de madeira servem de mostruário aos visitantes. A próxima peça aparece aos poucos entre as mãos do artesão.

— Tá vinte reais. Todo mundo diz que é caro, mas rapaz... demoro dois dias pra fazer. Também tenho unha de tatu pra vender. E de onça. Foi eu que matei. Onça vermelha.

Depois do contato definitivo com o SPI, cada vez mais pacificados e miscigenados, os Xikrin do Bacajá reorganizaram suas aldeias, se integrando ao sistema extrativista que agitava o médio Xingu. Além de participar da abertura de Poti-krô ("Aqui era matão fechado"), Mauré também liderou entre seus cunhados a caça ao gato maracajá e a coleta da castanha. Levando e trazendo canoas cheias, por muitos anos, o Rio Bacajá foi ponte com a sobrevivência.

— Sofremos demais aqui. Não tinha remédio nem enfermeiro. Eu ia buscar remédio em Altamira, de remo. Oito dias remando.

Hoje, na contramão do passado, por terra e bem mais rápido, é o médico, junto com a enfermeira e os remédios, que enfrenta a viagem e vem ao encontro dos Xikrin. Bem antes da visita domiciliar a Seu Mauré e Kôkprin, feita à tarde, a equipe de saúde dá início a uma rotina cumprida a cada três meses na aldeia Poti-krô. Enquanto a névoa da madrugada dissipa, logo às sete da manhã, dr. Elvis já veste as luvas de látex. O sol, frio ainda, borrifa dourado em tudo. Preparando o local do atendimento, a enfermeira Kelly arrasta uma carteira escolar para debaixo de uma mangueira. As mulheres, mais que os homens, vão chegando, em jejum, como pediu o médico ontem à noite, na reunião na casa da castanha. Ngrenkáráti, a Sapa, é a primeira da fila, aproveitando a conveniência de ter a clínica assim, no terreiro bem diante de sua palhoça.

— Vou fazer logo. Quero tomar café pra ir pra roça.

Dr. Elvis espeta a ponta do indicador direito de Sapa. O teste de glicemia colore com uma gota vermelha o contraste perfeito: a mão do médico, emborrachada de branco, segura a mão da índia, pretejada de jenipapo. Mais pela expectativa que pela dor de fato, o exame contorce caretas nos Xikrin.

Quando já não há mais ninguém para picar, desmonta-se a enfermaria improvisada. Sapa, então, troca a neta que lhe ocupava o colo pela enxada. Enquanto a avó vai limpar o mandiocal e colher bananas, a rechonchuda Ireprãn, de cinco meses, vem com a mãe, Irekabo, ao posto de saúde, uma casa simples, de alvenaria, com janelas de metal e telhado de Brasilit, construída perto do rio. Depois dos adultos, é a vez das crianças se haverem com as agulhas.

Acondicionadas em isopores de cem litros, as vinte barras de gelo trazidas de Altamira serão picotadas ao longo da semana para garantir que esteja sempre menos de oito graus dentro da térmica azul das vacinas. Entre as ampolas frias, a enfermeira Kelly seleciona a dose da vez: Ireprãn, a neta de Sapa, sente arder por dentro sua coxinha roliça, infiltrada pelo líquido incômodo da pentavalente.

Na fila da imunização, as índias preveem o berreiro de seus próprios cabeludinhos. Entre os Xikrin, costuma-se raspar uma faixa pelo topo da cabeça, desde a testa, mantendo a cobertura dos lados, feito um moicano invertido. Mas isso só na idade segura: nunca nos bebês. Acariciando o penacho natural de Ngrenho-oti, seu caçula de cinco meses, Ireire me explica que é da cultura, e sempre foi assim:

— Só corta cabelo depois dos três anos. Se cortar muito pequeno, criança fica adoecendo direto.

O mal escorrega pelos fios lisos. A carteira de vacinação em dia reforça a proteção das madeixas.

Além do penteado de nascença, os Xikrin conservam em suas crianças outras tradições. O brinquinho de taboca, de pedra ou de osso, mais que um mero pingente à vaidade, perpassa a carne da orelha para aguçar a audição. Aprendo com os índios: ouvir é a porta do saber. Os meninos ostentam também um furo logo abaixo do lábio inferior. A boca cresce sobre a pele vazada. Cresce para falar bonito: os marmanjos logo inflamarão seus discursos no centro da aldeia. As mulheres, depois de casadas, engrossam suas vozes através da pintura. Daí que tragam uma das mãos sempre enluvada de preto, por causa da tinta de jenipapo: com os dedos ou com uma varinha lascada, sobre a pele de seus filhos e maridos, e entre si mesmas, as índias desenham linhas paralelas, meticulosamente perfiladas, e trançam traços simétricos, inventando formas ou reproduzindo texturas da natureza (o casco do jabuti, as manchas da onça, as folhagens da mata), num exercício cotidiano em que aperfeiçoam o próprio estilo, enquanto lambuzam com cafunés gráficos os corpos ao seu redor. Nhàkrin chega ao posto de saúde carregando no colo uma pequena amostra de sua arte: aos dois anos de idade, vestido apenas por listras de jenipapo, e com os olhos ainda úmidos por ter passado pela sala de vacina, Begogoti acompanha sua mãe à consulta com o dr. Elvis. Além de conferir o resultado dos exames feitos em Altamira, o médico ausculta o coração dentro da barriga da paciente, e então mistura português com xikrin, lançando mão também dos gestos, para se fazer melhor entendido:

— Ainda tá *meprire*. Comer muito *bakukren* pra essa criança crescer.

Daqui a cinco meses, Begogoti será sucedido no cargo de caçula. Aos 28 anos, Nhàkrin gesta sua sétima tela.

Concluída a consulta (*"Arô"*, anuncia o médico poliglota), é a vez da papelada. Depois de atualizar a carteira da gestante e preencher o encaminhamento para o próximo ultrassom na cidade, enquanto completa o prontuário com dados frescos, dr. Elvis é interrompido por um caso agudo. Nhákoti chega ao posto de saúde com os cabelos molhados, reclamando agulhadas dentro do ouvido. A moça saía do banho quando as dores começaram:

— Ai, tá ferrando!

O médico insere primeiro o facho de uma lanterna no canal auditivo de Nhákoti. Diagnosticando a espécie do problema, dr. Elvis pede que Suzana, a técnica de enfermagem, prepare uma mistura de água morna com vinagre. E então, no jato da seringa, inunda com a infusão antisséptica a orelha da paciente, que ainda se agita de incômodo, sentada no degrau à porta do consultório, oferecendo a cabeça inclinada ao procedimento. Até que boia o corpo estranho.

— É uma formiga, menina. Mas quando entra algo no ouvido, parece elefante.

A não ser pela minúscula emergência, ao longo do dia dr. Elvis atende os casos de praxe: controle de hipertensão, acompanhamento pré-natal, pediatria preventiva. Tudo indica que, ao menos na aldeia Poti-krô, a gripe perdeu seu recente ímpeto contagioso. O quadro era gravíssimo. Estivesse aqui dois meses antes e eu seria testemunha da calamidade. A epidemia foi fulminante. E vitimou os índios com mais voracidade, justamente... a partir do Dia do Índio. Para celebrar a efeméride, um festival em Altamira reuniu os povos das redondezas: Xikrin, Kayapó, Juruna, Arara, Arara Maia, Asurini, Xipaya, Kuruaya, Araweté e Parakanã. Depois da festa, os homenageados voltaram para suas aldeias levando involuntariamente da cidade, sob a pele pintada de jenipapo e urucum, os caroneiros malignos. De espirro em espirro, a gripe alcançou cerca de vinte por cento dos índios da região. Especialmente abatidas pela febre abrupta, e se esvaindo em vômito e diarreia, mais de cem crianças tiveram de ser removidas às pressas de suas casas, em busca de tratamento nos hospitais superlotados de Altamira. Nem os comprimidos de Tamiflu nem os cabelos compridos foram capazes de evitar a tragédia: entre os Xikrin, o *karon* abandonou os corpinhos de Kropiti e Irey, de onze e sete meses, respectivamente, além de Kokoprekti, com apenas um mês e vinte e dois dias de vida...

Mais de meio século depois daquele primeiro contato com Afonsinho, os Xikrin continuam expostos e vulneráveis aos venenos destilados pelos *kuben*.

Quando a enfermeira Kelly termina a aplicação das vacinas, já no final da tarde, completando os atendimentos do consultório, dr. Elvis sai numa ronda circular pela aldeia Poti-krô. Sapa voltou da roça. Sob a mangueira em frente à sua palhoça, onde logo cedo a equipe de saúde aplicou os testes de glicemia, um grupo de índias descansa do bate enxada batendo pedras de dominó. Mais adiante, sentada num tamborete em sua cozinha, Ireire come arroz com porção. O pequeno Ngrenho-oti dorme na rede. Com cuidado para não acordá-lo, dr. Elvis deita as costas da mão sobre a testa do menino. E depois confirma, com o termômetro no sovaquinho, a necessidade de uma dose de paracetamol para abrandar a fervura colateral da pentavalente. Enquanto isso, interrompendo a refeição, Ireire vai buscar um presente para mim: um colar de miçangas pretas e azuis. É com o pescoço assim decorado que, logo adiante, chego à casa de Seu Mauré e Kôkprin.

Na sala, o médico reveza o medidor digital entre os pulsos da esposa e do marido ("Estão tomando direitinho o remédio pra pressão?"). Ouço histórias do tempo em que Poti-krô era um tabocal e o Bacajá era cristalino.

— Hmm, ficou mais ruim, rapaz. Vê a água aí: só o lodo. Tem um garimpo lá em cima. Sujou tudo.

Ao final da consulta, compro um dos cestos de arumã pendurados na parede. E ao nos despedirmos levo também algo do desalento de Seu Mauré:

— O rio vai secar e pronto.

A essa hora, sob o sol poente, os homens gastam perna atrás de bola. Na beira do campinho, já sem pique nem chuteiras, Krôire assiste ao final da partida.

— Tem tempo sentado aí?

— Uma hora...

— Bora ver a pressão como tá?

Com 30 anos ("A idade da aldeia"), o jovem cacique de Poti-krô tem desfalcado bastante o futebol do fim de tarde por causa de suas viagens frequentes a Altamira e Brasília, em geral para participar do jogo duro contra Belo Monte.

— Nunca teve um diálogo bom. Foi tudo suado, só na pressão mesmo, debaixo de manifestação, invasão...

Desde as primeiras reuniões, os Xikrin tiveram de lidar com a peculiar anatomia de seus interlocutores: como se sabe, os *kuben* têm duas bocas, o que lhes confere um descaramento muito natural para trocar o dito pelo maldito. Bem conhecida pelos índios, tal dubiedade mantém, entre outras consequências, a própria aldeia duplicada: hoje, na mesma clareira, coexistem a velha Poti-krô, de palha e madeira, e a nova Poti-krô, de cimento e metal — um oferecimento da Norte Energia, exigido pelos Xikrin.

Como que transplantadas de algum conjunto habitacional da periferia de Altamira diretamente para as margens do Bacajá, brotam vinte e oito casas de alvenaria, alheias ao clima e à paisagem local, embora se disponham lado a lado, obedientes ao formato da tradição: o círculo das futuras residências perpassa o círculo original, bagunçando a costumeira simetria de Poti-krô. Os Xikrin ficam assim, temporariamente, aleijados de seu umbigo social: a antiga Casa dos Guerreiros, que marcava o centro geométrico e simbólico da aldeia, foi demolida. Da próxima, não há nem os alicerces.

Reivindicando o devido espaço na agenda da empresa ("Tenho ido direto pra cidade. Mas nem atender mais eles atendem"), o cacique Krôire insiste em cobrar a instalação das portas de alumínio galvanizado, com a entrega definitiva das respectivas chaves. Mas a obra soterra prazos sobre prazos, enquanto os índios testemunham um fenômeno intrigante: sem que ninguém tenha pendurado suas redes sob o teto sem forro (até porque falta instalar os ganchos nas paredes), por geração espontânea e a olhos vistos, trincas graúdas começam a estralar pelo reboco virgem. Os cômodos rachados reverberam a voz do Caetano ecoando Lévi-Strauss: "Aqui, tudo parece que ainda é construção e já é ruína".

Antes das casas inacabadas, entre setembro de 2010 e setembro de 2012, como mais um desculpem-o-transtorno por conta de Belo Monte, a Norte Energia pagou para cada aldeia afetada mais diretamente pela hidrelétrica uma mesada de trinta mil reais em mercadorias. Os índios listavam seus pedidos. A empresa fazia as compras: de bermudas a motores de popa, de frascos de xarope a galões de gasolina, de fardos de arroz a camionetes Mitsubishi. Em troca de uma trégua nos protestos contra a usina, os espelhinhos modernos foram distribuídos durante dois anos. Nesse período, a fartura de cestas básicas teve um efeito indigesto sobre a dieta habitual dos índios: já que o rancho vinha garantido da cidade, as roças ficaram à mercê das formigas, os anzóis deixaram de assediar os peixes e os tachos de torra esfriaram de vez nas casas de farinha. Apesar das cuias cheias, paradoxalmente, o banquete industrializado aumentou em cento e vinte e oito por cento os casos de desnutrição infantil. Sentado ao lado do cacique Krôire à beira do campinho, Mokuka, outro jovem líder de Poti-krô, contabiliza o saldo das doações.

— Começou desunião, né? Aldeia se dividindo... Motivo de sair era pra ter as coisas. Foi o principal problema.

Em parte para proteger melhor as fronteiras da terra indígena, em parte para acessar o almoxarifado da Norte Energia, os Xikrin do Bacajá, que durante muito tempo ocuparam três aldeias às margens do rio, hoje se espalham em nove.

Até que, em vez dos itens enumerados na lista de compras, os índios passaram a receber técnicos agropecuários. Com o fornecimento de mudas, equipamentos e assessoria especializada para revitalizar as roças, foram plantadas cinco mil bananeiras nos arredores de Poti-krô. A safra atual, segundo Mokuka, já foi toda vendida para uma fábrica em Anapu, que frita chips salgados com as frutas verdes. Participando dos mutirões rurais, Sapa tem saído logo cedo para a colheita, ao lado de um *kuben*. Com o uniforme sujo de terra, o consultor responsável pelo "Programa de Atividade Produtiva" na aldeia Poti-krô sintetiza as linhas gerais do seu trabalho:

— A empresa quer que nós desmame os índios.

Acontece que a alternativa natural à fonte de leite Ninho já não nutre os Xikrin como antes.

— Secou muito mesmo. Morreu bastante peixe. Às vezes você sai de manhã, chega quatro horas da tarde, volta com três, quatro peixinhos. De primeiro saía sete horas, voltava às nove com trinta, quarenta quilos de peixe. Só no anzol... Hoje, pega algum tucunaré. Piranha e pescada é difícil. Tracajá, nunca mais vi.

Ao cumprir seu destino desembocando no Xingu, abaixo da barragem de Belo Monte, o Bacajá não encontra mais tanta água e acaba escorrendo mais rápido, como que tragado por um ralo aberto. Morrendo de sede, a Volta Grande bebe com desespero o rio dos Xikrin.

— Cheia? Não tem mais enchente aqui. Aqui, pra nós, é um, dois dias. Dá uma enxurrada grande, depois baixa, tipo maré, sabe? Tá desse jeito. Talvez se eles abrir as comportas... Mas não fizeram isso ainda.

Os lances decisivos do futebol interrompem minha conversa com Krôire e Mokuka. Dificultando o trabalho dos goleiros, a partida termina no escuro e nos pênaltis. Ao apito final, como se não bastasse a aporrinhação dos vencedores, de acordo com as regras locais, cabe também aos perdedores a tarefa inglória de ligar o gerador da aldeia antes do banho: vizinhos da terceira maior hidrelétrica do mundo, os Xikrin animam suas lâmpadas com óleo diesel.

No posto de saúde, depois do jantar, a enfermeira Kelly e o dr. Elvis se concentram para terminar de preencher a papelada pendente, enquanto dure o fôlego do motor de luz. Moisés começa a organizar as caixas para a viagem de amanhã: logo cedo, despedindo-se de Suzana, que só volta para Altamira no mês que vem, o motorista dará a partida da equipe para Kenkudjôy, a segunda entre as cinco aldeias Xikrin a serem atendidas num total de dez dias. Antes de arrumar a mochila, querendo aproveitar a última noite em Poti-krô, saio à procura de mais prosa com os índios.

Imprudente, confiando apenas na lua e no halo elétrico à porta das palhoças, dispenso a lanterna. As dificuldades ficam logo evidentes no caminho escuro: no quintal da Sapa, um varal sem roupas quase me degola. Sigo as coordenadas rumo a meu destino. Mas pouco adiante sou desorientado outra vez pelas casas de alvenaria, intrometidas no círculo que tento cruzar. O breu encorpa no meio do labirinto. Farejando o vulto tonto em seu território, um vira-lata vem latindo em minha direção. Agacho, fingindo pegar uma pedra. Mas o pulguento não baixa as orelhas bichadas diante do meu blefe, e segue no meu encalço, com os dentes à mostra, mirando minhas canelas. Um comparsa chega para formar a matilha. O cerco se acirra: é quando surge um bendito índio em meu socorro, distribuindo pauladas providenciais. São e salvo, mordido apenas pelas formigas vermelhas que pegam carona no meu chinelo, enfim, encontro a casa de Prykenh Xikrin, o Cabrito.

Numa cadeira ao relento, o filho do Bode, como seu pai era conhecido na Funai, curte a fresca ao lado de Irenhum. O casamento multiplicou o rebanho familiar:

— Parece que tenho... Um, dois, quatro... sete filho. Aí cabou.

— E neto?

— Ih, neto tem demais!

Aos 56 anos, filiando-se à linhagem da valentia, Cabrito lembra do pai e dos tios como guerreiros que, antes do contato com os *kuben*, mediam brabeza com outros índios:

— Rapaz, Xikrin é perigoso! Mataram muito Araweté, muito Parakanã. De flecha! Eita, ó...

O menino herdou boa pontaria:

— Eu derrubava longe. Derrubava até arara. Na castanheira! Bem no peito.

Empunhando outros calibres, à medida que encorpava, o jovem caçador também passou a mirar bichos mais robustos. De butuca nas grotas, Cabrito esperava a aproximação do bando que se anunciava desde longe, pelo som dos queixos batendo: (a)traídos pela isca natural, se colocando bem diante da mira camuflada, em vez de se refestelar com as frutinhas, os porcões é que tombavam aos pés do açaizal. Ou então as antas. Outras vezes, macacos ("Tu come *kukoi*? É bom demais"). Mais tarde, solteiro ainda, Cabrito trocou a espingarda pela picareta e foi trabalhar longe da aldeia, no garimpo do Manuelzão, três dias de remo Bacajá acima.

— Achou muito ouro?

— Ouro! Cem gramas.

— De uma vez?

— Em um mês... *Kuben* gosta de ouro, gosta mesmo. Mas índio não gosta.

Ao lado de Seu Mauré, à base apenas de carne de caça e pirão de coco ("Não tinha farinha"), Cabrito ajudou a abrir a aldeia chefiada hoje por seu genro, Krôire. Naquela época, os caciques de Poti-krô ainda exerciam liderança sob as bênçãos do pajé. A farmácia crescia na mata. E Metidjòy, o Senhor da Vida, ainda não havia sido crucificado. Cabrito lembra bem de Makti:

— Velho alto, bom de pajé. Pessoa chegava muito ruim, ele encostava assim... Amanhã fica bonzinho! Depois dele, não teve mais ninguém. O pajé morreu bem ali, perto da igreja.

Do templo evangélico, se ouve o pastor pregando aleluias.

Enquanto isso, sob a sacristia estrelada, Cabrito reza lendas. O ossinho de anta, que na infância perfurou seu lábio inferior, surtiu o efeito esperado: o menino bom de pontaria tomou gosto pela oratória, se tornando um eloquente contador de causos.

Depois que o gerador começa a rosnar, parte da vizinhança costuma se recolher para assistir ao *Jornal Nacional* e, na sequência, ao próximo capítulo da novela. Sem televisão em casa, Cabrito prefere o terreiro, onde transmite a tradição. É assim, participando da pequena audiência ao seu redor, que ouço uma antiga história dos Xikrin, do tempo em que o céu não conhecia nenhum outro pássaro.

— Gavião tá lá em cima do jatobá, a casa dele. A avó tirando batata. Gavião pegou avó, subiiiiinnndo...

Me despeço de Poti-krô na manhã seguinte, enquanto Kukrut-uire e Kukrut-kakô voltam correndo e chorando à aldeia, sem saber ainda como reunirão em si a força necessária para transformar o inimigo em passarinhos.

AMAPÁ
PARÁ
MARANHÃO
PIAUÍ
TOCANTINS
BRASIL
MATO GROSSO
BAHIA
GOIÁS
MINAS GERAIS
MATO GROSSO DO SUL
SÃO PAULO
PARANÁ
SANTA CATARINA

O RELÓGIO
Formosa, Goiás

Nada disso teria acontecido se o relógio não estivesse atrasado. Ou então se, naquele momento, a babá não se importasse tanto com o descompasso. Ou se se importasse, mas não fizesse questão de restituir à vida cotidiana o pulso artificial da hora certa. Se a babá não decidisse subir no sofá, querendo alcançar o tique-taque dissonante, pendurado na parede. Ou até subisse no sofá para ajustar o relógio. Mas se a babá deixasse a menina de dois meses no berço. Se a babá estivesse com o colo vazio. Ou então que subisse, assim, como subiu, com a menina de dois meses no colo. E pisasse o encosto do sofá para ficar mais perto do relógio. Nada disso teria acontecido se a babá não perdesse o equilíbrio.

Os ponteiros assistiram paralisados: um metro e meio não completa um segundo de queda.

E quando o tempo deu de cara com o espaço, foi um baque duplo. Dois pesos justapostos, um contra o outro, esmagaram entre si o corpinho tombado: por baixo, veio o chão. E logo por cima, a babá, que desabou com um pisão desastrado sobre a barriga da pequena Fabíola.

Aquele instante respingou longe nos anos seguintes. Desde então, escrita com garranchos de vários médicos, a história da menina preencheu um catatau de prontuários clínicos. Já de começo, Fabíola recebeu um baço ileso no lugar do rompido. Nem bem restabelecida, sua saúde sofreu novo abalo, desta vez, por causa de uma meningite. Uma alergia alimentar impôs-lhe um variado cardápio de medicamentos. Ainda embrulhada nas fraldas, Fabíola protagonizou o primeiro transplante coclear realizado no Brasil: foi preciso trocar seus ossinhos de ouvir. Entre os sons ao redor, a UTI bipava, intrometida nas canções de ninar de Lourdes, que ladeou os berços monitorados onde a filha cresceu. Naquele quarto sempre limpo, naquela assepsia de cor-de-rosa, a infância era uma ciranda nauseante de exames, cirurgias e tratamentos.

— A pessoa que tem uma vida dentro do hospital tem um pensamento diferente. Amadureci no soco.

Demorou, mas Fabíola levantou-se de corpo inteiro, sem nenhuma sequela limitante daquela sua queda primordial. A alta médica, contudo, não a afastou do ambiente que lhe fora, ao mesmo tempo, tão traumático e familiar. A menina poderia ter desenvolvido uma compreensível repulsa a tudo o que remetesse à sua longa temporada de sete anos de internação. Sua biografia, no entanto, projetou-se adiante não como reta, mas como retorno. Pouco a pouco, o tempo foi operando uma transfusão de papéis: por fim, a precoce e experimentada paciente acabou vestindo o jaleco branco. Hoje, ela atende como dra. Fabíola Silva.

— E aí, Seu Zé? Como tá essa perna?

Aos 33 anos, a médica cumpre expediente na periferia de Formosa, sua cidade natal, a oitenta quilômetros de Brasília. Como rotina, uma vez por semana, acompanhada de uma enfermeira, dra. Fabíola deixa o posto de saúde para uma ronda pelo bairro Bela Vista, espalhado entre ruas largas, com bocas de fumo disfarçadas de boteco, e quintais de boa sombra (manchas rurais, que a cidade ainda não terminou de acinzentar). Nesse subúrbio meio roça, meio quebrada, foi há cerca de um ano e meio, numa visita domiciliar, que a dupla de branco bateu pela primeira vez à porta de Seu Zé:

— Eu e Elvina não conseguimos nem entrar na casa. Era desumano mesmo.

José Alves Ferreira não repercutiu ninguém na vida. Passou em vão de procriar, sem conhecer esposa nem filho, fosse natural ou adotivo. Outros parentes, também ignorava. Das famílias que o antecederam, Seu Zé calhou de ser um ponto final. Assim, desamarrado de qualquer laço de sangue, suava só para si, alugando os braços para os outros:

— Trabalhava nessas roça aí...

Depois de aposentado, o vigor também foi deixando de lhe fazer companhia. Enquanto a idade aumentava, o mundo encurtava. Já não cabia mais distância nas pernas, restringidas pelo cansaço crescente. De modo que Seu Zé foi encostando dentro do barraco de madeira, sem luz, sem água e sem visita. Foi quando dra. Fabíola conheceu o senhor de 77 anos, chafurdado no desamparo.

Para remediar algo daquela insalubridade toda, entre outras providências, a médica acionou a Companhia de Energia Elétrica, iluminando o muquifo e reativando a geladeira abastecida de um branco geral: só vazio e leite. Além do mais, havia que tratar a ferida bichada que carcomia a canela esquerda de Seu Zé. Para evitar a reincidência do caso, dra. Fabíola cogitou uma vaga no Lar São Vicente de Paulo. O paciente, no entanto, caía no choro só de mencionarem o asilo. Diante do impasse, outra moradora do bairro, comovida com a situação, passou a dedicar cuidados periódicos ao vizinho solitário. No final do ano, convidou-o a cear o Natal consigo, em família. Desde então, Seu Zé não saiu mais da casa de Dona Cambita:

— Já tem cinco meses que tá com eu, né, véiozinho?

Hoje, é o hóspede quem recebe a visita da dra. Fabíola. A consulta acontece na varanda, onde Dona Cambita decora uma parede sem reboco com orquídeas abraçadas a pedaços de tronco ("Eu peço, o povo traz do mato"). De seu próprio cultivo, uma touceira de capim-de-cheiro se mistura no quintal a outros aromas: hortelã, poejo, pinhão roxo e arruda. Além do jardim contra o mau olhado, Dona Cambita conta também com a proteção de Spike e, principalmente, Negão ("Cachorrinho ruim, não tem medo de pau"). Arranhando as grades do canil, os vira-latas hostilizam os estranhos:

— Aqui é uma ladroagem danada. Tem que criar cachorro, se não roba as galinha, roba tudo.

Antes de morar na periferia de Formosa, Maria de Lourdes Vieira Souza, mais conhecida no bairro como Dona Cambita, era lavadeira no Piauí. A descida para o Centro-Oeste, há trinta anos, tomou impulso num tremendo susto:

— Quando aconteceu era nove horas. Só vim conhecer gente três da tarde. Quase que eu morri.

Naquela manhã, Cambita acabava de torcer as roupas de uma vizinha. No quintal da cliente, a lavadeira posicionou a seus pés a bacia cheia de peças úmidas e limpas. Pegou por cima da pilha uma camiseta. Bateu-a no ar. E ao completar o movimento, envelopando o varal com o pano, foi o estrondo: um pouco acima do fio das roupas, corria um fio elétrico desencapado.

— Só vi quando subi: vup! Cabou.

A tensão suspendeu o corpo e a consciência de Cambita. Até que sua cunhada desligou o relógio de força, e a lavadeira mergulhou no chão desacordada. O irmão tirou-lhe a dentadura, para desenrolar sua língua com um alicate. O breu do choque só desanuviou no hospital. Liberada no final da tarde, Cambita retornou para casa com o braço numa tipoia:

— Quando voltei era um monte de gente me esperando já morta. Mas graças a Deus...

Colado em sua mão esquerda, o fio estalando de volts derreteu-lhe dois dedos. Para "botar uma carne" no médio e no anelar, e recompor a pele queimada ("Saiu o couro tudo"), poucos meses depois do acidente, a lavadeira viajou para Brasília. Ao final do tratamento médico, seus irmãos candangos lhe arrumaram um endereço na órbita da capital federal. Desde então, Cambita lava roupas, pendura orquídeas, cultiva ervas e promove um revezamento entre galinhas (de dia) e cachorros (à noite) no seu quintal em Formosa.

Abrindo a rotina doméstica para acolher os cuidados geriátricos a Seu Zé, a dona da casa, aos 54 anos, ouve as recomendações da dra. Fabíola (Miconazol duas vezes ao dia, para apagar a moldura de fungos que se formou ao redor da ferida na canela, já avançando ao estágio rosa da cicatrização). Durante a consulta, o marido de Cambita, outro José, um vaqueiro aposentado, espalha ferramentas pela varanda para consertar a roda da bicicleta, sua montaria atual. Elvina Ribeiro, a enfermeira, que também deixou o Piauí, troca receitas de fava com sua conterrânea. Cambita pretende instalar um fogão a lenha na cozinha ("Pra fazer um feijãozinho e um mocotó"). As preferências do novo morador já influenciam a despensa: tratado a geleia ("Ele gosta muito"), com a fala arrastada, mascando palavras moles, Seu Zé participa da conversa pelas beiradas. E ri um riso grave, no oco da boca banguela, fazendo coro com as gargalhadas de Dona Cambita. E chora um choro fino, sem soluço, quando sua anfitriã lembra as condições em que o encontrou, sozinho, no barraco de madeira. Nos últimos meses, Seu Zé corou da anemia. E já recuperou uma autonomia lenta, de se arrastar até o banheiro, com o apoio do andador. Dona Cambita volta já, para ajudar o "véiozinho" no asseio: só um minuto, que ela vai acompanhar Elvina e dra. Fabíola até o portão.

Desde a queda da filha de dois meses de idade, a mãe passou a chocar, dentro do próprio coração, o ovo de um abismo. Lourdes não percebeu aquele buraco enrustido, crescendo em si. Além do mais, não era hora de perder o chão: Fabíola precisava dos seus cuidados.

Foi um longo e extenuante pedaço da vida, todo dedicado a infâncias: depois do trabalho, a diretora da creche corria para o hospital, onde morava sua filha. Lourdes cumpria jornada dupla, entre a pedagogia e a pediatria.

Até aquele inverno atípico, em que os médicos decretaram a primavera: era julho quando a pacientinha veterana recebeu alta.

Demorou sete anos para que Fabíola voltasse definitivamente para casa com Lourdes. Sete anos: a gestação de um precipício.

Aliviado pelo regresso da filha, o coração da mãe encontrou em si um espaço fundo. O tal buraco dormente, à espera de sua própria queda: apenas dois meses depois de sair do hospital de mãos dadas com Fabíola, Lourdes sofreu um infarto fulminante.

Era setembro quando o abismo rebentou no peito da mãe, engolindo seus 34 anos.

Àquela altura, Fabíola já era órfã de pai vivo. Até hoje, ninguém na família sabe ao certo o motivo. Mas o fato é que, assim que decidiu pelo divórcio, Josemar estendeu a separação com Lourdes a um inexplicado e definitivo rompimento com a filha recém-nascida. Sete anos depois, com a morte da mãe, Seu Otávio e Dona Odete assumiram a guarda da menina, duplicando a ascendência sobre a neta. Foi por causa do pai-avô, aliás, que Fabíola veio ao mundo em Formosa.

A história dos parentes remete a domingos mais fartos: na época em que sobrava terra em Goiás, aproveitando a pechincha, Seu Otávio trocou uns tantos hectares que tinha no Triângulo Mineiro por vários alqueires no Cerrado. Naquela vastidão entre arames, o gado mascava capim e engordava rendimentos. Até que um abalo na saúde, de uma hora para outra, derrubou o fazendeiro proeminente do lombo da prosperidade. Dona Odete mandava abater caminhões e caminhões de boi para pagar as diárias da UTI do Santa Lúcia, em Brasília. Anos mais tarde, o mesmo mal se revelaria hereditário (e bem mais agudo) em Lourdes: ao contrário da filha, Seu Otávio sobreviveu ao estopim do miocárdio — e saiu completamente falido do hospital. Sob a tutela dos avós, Fabíola teve de bancar a vaga de bolsista no colégio particular com a única moeda de que dispunha: suas notas altas.

A menina cresceu assim, mais aplicada nos estudos que nas brincadeiras. Afeita aos livros, por gosto e necessidade, além das molecagens na rua, se Fabíola pudesse, recusaria também a segunda rodada daquele jogo sem graça, em que ela sempre perdia gente querida. Tais regras, no entanto, se impõem, à revelia: Dona Odete faleceu, onze meses depois de Seu Otávio. Aos 11 anos, de novo, Fabíola não teve alternativa senão pendurar o balanço noutro galho da família. A partir de então, Pedro Irlei e Lúcia deram guarida à sobrinha. Na casa dos tios-pais, a moça estudiosa alcançaria a maioridade. E, pouco depois, o ensino superior. A conquista lhe rendeu outra mudança de endereço. Mas, desta vez, sem quaisquer contingências, a não ser seu mérito e sua escolha: por conta de mais uma bolsa, agora acadêmica, Fabíola deixou Formosa e foi cursar medicina em Cuba.

Tendo acumulado na memória do corpo um vasto repertório de dores, febres, inchaços, alergias, fisgadas, purulências, espasmos, náuseas, entre outras insurgências fisiológicas, e oferecido tais sintomas à curiosidade perscrutadora das anamneses, termômetros, estetoscópios, toques, chapas, lâminas, entre outras ferramentas diagnósticas, submetendo-se em contrapartida a injeções, suturas, posologias em gotas, drágeas, comprimidos, bem como transplantes e transfusões, entre outros procedimentos clínicos e cirúrgicos que marcaram toda a sua primeira infância, compulsoriamente, Fabíola adquirira um respeitável cabedal empírico, uma intimidade profunda e leiga com aquela matéria que, muitos anos antes de lhe ocupar como objeto de estudo científico, lhe salvara a vida. Entre vários outros estrangeiros (vinte e quatro nacionalidades diferentes, só na sua turma), a intercambista brasileira viveu seis anos e meio em Cuba, até graduar-se na Escola Latino-Americana de Medicina. Seis anos e meio: a gestação de uma doutora.

No portão, Dona Cambita agradece o tempo dedicado a Seu Zé. Presos no canil, Spike e Negão se esgoelam de latir, enquanto a anfitriã se despede das visitas com um abraço amassa-jaleco. A manhã já vai a pino quando a médica e a enfermeira concluem as consultas domiciliares do dia. Dra. Fabíola segue então para o próximo turno, no posto de saúde.

Além de uma epidemia de dengue ("Só ontem atendi oito casos"), uma campanha de vacinação contra a gripe abarrota a sala de espera. Encaixadas no colo ou brincando à vista de suas mães, as crianças, em geral, parecem indiferentes às evidências de seu destino iminente. Como que dotados de um sofisticado recurso evolutivo, acionado para poupá-los do sofrimento antecipado, os pequenos são quase unânimes em ignorar os gritos intermitentes que eclodem da enfermaria pouco depois que a porta é fechada. Ou talvez confiem demais em suas próprias tutoras, julgando-as incapazes de lhes submeter àquela masmorra branca, de onde seus desafortunados colegas saem fungando, com os olhos marejados e um bandeide colorido no braço. O fato é que o alheamento mirim faz prevalecer um faz de conta calmo no ambiente. Até que um menino denuncia a nudez do rei: assim que pisa no posto de saúde e entende a situação, com toda a potência de seus quatro anos, Lucas dispara seu sistema de alarme antiagulhas.

O desesperinho ecoa, e chega mesmo a dificultar um pouco a conversa dentro do consultório, onde dra. Fabíola recebe Dona Delfina:

— Vou ter que pôr a senhora no soro outra vez? Não tá comendo nada!

— As coisas que eu como desce arrasgando. É a idade. Já tô pra ir embora.

A paciente enfeita seus 92 anos com flores coloridas e sem cheiro, estampadas no vestido preto. Um coque perto da nuca prende o grisalho farto e liso. Pedindo-lhe a mão, a médica encaixa o oxímetro de dedo no indicador manchado de fumo de Dona Delfina. Em contraste com o vagar de seus gestos, a cachimbeira veterana pulsa a cento e quarenta no coração. Ao final da consulta, dra. Fabíola atravessa o corredor, escorando a senhorinha florida e desidratada até uma maca preparada a seu pedido. Na sala de observação, deitada, Dona Delfina usufrui um descanso regado a complexo B, vitamina C e Omeprazol.

Na sala de espera, Lucas segue berrando. O pavor de injeção desajusta o menino, que se antecipa ao porvir, pleno de decibéis. A ansiedade dilata aqueles instantes de expectativa. A eternidade antecede o lapso da picada.

Enquanto isso, uma veia de plástico irriga o sangue de Dona Delfina. Pendurada ao lado da maca, a bolsa de soro pinga...
....
....pinga...........................
....
........................pinga...
....
....morosa
como uma ampulheta líquida, gotejando os séculos.

Eis o tempo.

Ao que parece, pela crosta de poeira, o relógio de parede do posto de saúde não sabe há meses o que é girar. No cotidiano apressado da clínica, ninguém acha um minuto sequer para fazer uma oferenda a Cronos, dedicando-lhe uma pilha nova. Meio torto no parafuso que o sustenta, o defunto exibe a hora exata do próprio óbito: nove e trinta e sete.

Do outro lado do corredor, dra. Fabíola abre a porta do consultório. Então, os ponteiros inertes adquirem um inesperado sentido anti-horário. A filha de Lourdes, de Seu Otávio e Dona Odete, de Pedro Irlei e Lúcia chama o próximo paciente. E nem percebe, bem ali, diante de si, aquele relógio de parede recontando cada segundo dos últimos 33 anos, com sua quieta recusa à pontualidade.

ÍTACA
São Paulo, São Paulo

Me sinto um toureiro, vaidoso e confiante, capaz de domar com um gesto muito banal a besta-fera que avança em minha direção, rosnando, acelerada, e que, no entanto, perde todo seu ímpeto assim que estico o braço, apenas isso, um comando singelo, mas suficiente para apaziguar a potência paquidérmica do busão, que ao meu sinal reduz a velocidade e vem, se aproximando da calçada, até parar de vez no ponto, submisso, ronronante, aos meus pés.

Embarco no 917H-10, sentido Terminal Pirituba.

À mercê do itinerário, depois de contornado o Cemitério da Lapa, vamos pela Avenida Imperatriz Leopoldina, virando à esquerda na Rua Fröben. Já na altura do Ceasa, pegamos a Gastão Vidigal, à direita, e seguimos nela. Sobre a Ponte dos Remédios, como de costume, a paisagem me desorienta um pouco. Cruzamos o Rio Tietê: é aqui, ao longo destas margens, mais do que em qualquer outro lugar de São Paulo, que alguma coisa acontece no meu coração.

Sofro de uma nostalgia por empréstimo, tomada de um tempo vivido por outros: não cheguei a nadar nestas águas. Desde criança, conheço o Tietê assim, rio maltrapilho, que arrasta sua fedentina em meio ao tráfego das marginais, tentando preservar em si qualquer gota de dignidade, enquanto São Paulo lhe escarra todo. O rio que brota puro na Serra do Mar, mas prefere escorrer para o interior, na contramão do Atlântico. Esse migrante ingênuo, o Tietê: de passagem, nem bem chegado, e a metrópole logo rouba suas curvas. Esticado à força para se parecer com as avenidas que o ladeiam, como fiel portador dos nossos coliformes fecais e rejeitos industriais, o rio demarca uma esquina bem menos poética que a do Caetano: o cruzamento entre a Mata Atlântica e a Selva de Pedra. O Tietê paulistano é um mestiço esdrúxulo destes dois biomas incompatíveis. Ao mesmo tempo em que é vala sanitária, com os traços de sua ascendência bucólica há muito irreconhecíveis, o rio preserva certo caráter indômito, um instinto primitivo de reverência ao ciclo natural das águas. Daí o trabalho perpétuo das dragas no leito sujo, para conter estes ímpetos selvagens do Tietê, que por vezes desperta do seu torpor habitual de cortejo fúnebre e extravasa, animado pelos temporais do verão, atrapalhando a vazão do *rush*...

Mas o trânsito hoje é bom, o devaneio é longo e a viagem, pelo contrário, já vai terminar. Gastei cerca de uma hora desde casa quando o cobrador chama minha atenção para indicar o ponto certo, como eu havia pedido. Antes de subir uma das ladeiras que desembocam na Avenida Mutinga, o busão abre as portas. Desço sozinho.

Seu Moacir interrompe a faxina matinal, apoia uma das mãos sobre o cabo da vassoura e com a outra cumprimenta a dra. Tanira Zamin, que lhe deseja bom-dia.

— Tô varrendo aqui, pra não ficar muito preguiçoso dentro de casa.

No próximo dia dez, Seu Moacir completará 74 anos. É mais ou menos a quantidade de guarda-chuvas que ele costumava levar nas costas, quando era vendedor de rua. Uma obstrução coronária o aposentou da sobrecarga do batente. Desde então, resta apenas sua sombrinha particular, a derradeira do estoque.

— Tivesse mais eu dava uma pra você.

Depois de agradecer o convite para a festa ("Quiser vir comer o bolo aqui pode vir. Umas sete da noite corto o bolo"), dra. Tanira adverte o aniversariante quanto às restrições de sua dieta. Seu Moacir enruga a testa para expressar credibilidade na sisudez do rosto. E garante:

— Não, mas não vou beber cerveja não! Só guaraná.

Alguns metros adiante, a médica encontra Luis Antonio, neto de Dona Zefa, que sai de casa chupando com canudinho um copo plástico cheio de... guaraná:

— Mas a essa hora! Tu tem que tomar vitamina, bater uma banana com leite.

Atenta ao cardápio dos moradores do 400A, um amálgama de casas que abriga uma pequena comunidade entre a Vila Guedes e o Jardim Mangalot, na região de Pirituba, dra. Tanira demonstra uma fluidez, uma intimidade local cultivada em dois anos de convivência, ao mesmo tempo em que denuncia sem querer sua procedência forasteira, indisfarçável, a começar pelo sotaque:

— Não consigo perder minhas raízes: tu, leite, a gente. Não consigo falar o "tchi". E falar "você", nem pensar.

Gaúcha de Santa Rosa, Tanira trabalhava numa revenda da Ford, ajudando o pai, e chegou a cursar dois anos de pedagogia antes de fazer as malas para seguir a carreira médica. Foi preciso cruzar a fronteira: só do lado de lá é que havia uma faculdade privada acessível ao orçamento da família. Além de costurar para fora, Dona Nair passou a criar e revender poodles como forma de ajudar a custear os estudos da filha no exterior: Tanira se formou médica ainda mais ao sul, na vizinha Argentina. Pouco antes de merecer o título de doutora, no último ano do curso, a primogênita de Dona Nair também se tornara mãe.

Leonardo Demambre Abreu, namorado de Tanira à época, relata outro percurso acidentado até o nascimento da Luiza. Paulistano, o clínico geral com especialização em cardiologia começou a trabalhar aos 14 anos como office boy interno na Editora Abril, carregando pilhas de documentos e correspondências entre o décimo segundo e o décimo terceiro andar.

— O que me rendeu uma bela escoliose.

Depois de tentar o ganha-pão no comércio, vendendo sapatos na Brasilândia e, em sociedade com a mãe, pilotando um carrinho de cachorro-quente, o ex-office boy resolveu mudar de ramo e experimentar a vida loka: virou motoboy.

— Não tinha um dia que eu não passava perto da morte.

Mais segurança, física e financeira, Leonardo só alcançaria depois de engrossar o currículo com um calhamaço de certificados técnicos, que o qualificaram ao departamento de manutenção de uma empresa de tecnologia. O perito em informática começou lidando com as vísceras dos computadores, até ser promovido do hardware ao software assim que aprendeu o idioma das máquinas — Leonardo tinha 24 anos, e já estava embalado numa carreira promissora como programador de sistemas, quando um câncer no pulmão vitimou Luis Fabiano, seu irmão, três anos mais velho.

Ainda sob o arrebate do luto, em meio a formulários, carimbos, taxas, entre outras inúmeras chateações da burocracia obituária, para o espanto da família, veio à luz um fato até então desconhecido por todos: desde antes do diagnóstico da doença, sem nunca ter tocado no assunto com ninguém, Luis Fabiano vinha pagando sozinho, em dia e em segredo, os boletos mensais de um seguro de vida.

— No fim, foi o cara que fez toda a diferença na história...

Havia de se pensar o que é que se construiria a partir dali, com a generosa e imprevista providência de Luis Fabiano. Imerso em memórias afetivas vinculadas à perda tão íntima, Leonardo reencontrou consigo um sonho de infância, já bastante puído, soterrado ao longo dos anos pelas contas a pagar. Tirou do pó aquela ideia, acalentou-a um pouco. E então resolveu abrir mão do plano de carreira na empresa, vendeu a moto, abraçou os pais e foi estudar na Argentina — com a parceria póstuma do irmão mais velho, Leonardo investiu no seu verdadeiro quero-ser-quando-crescer: a medicina. Durante a faculdade, numa aula de saúde mental, conheceu Tanira.

Mais tarde, com o diploma nas mãos e a pequena Luiza no colo, o casal ainda morou dois anos na Argentina antes de mudar de vez para São Paulo. Como médico e pai de família, o ex-motoboy retornava a seu ponto de origem: a região de Pirituba. Desde então, uma vez por semana, marido e mulher deixam seus respectivos consultórios no posto de saúde do Parque Maria Domitila, onde trabalham juntos, e saem pelo bairro para atender a domicílio. Ontem, dr. Leonardo visitou três senhorinhas na Rua Joaquim Oliveira Freitas. Hoje, dra. Tanira completa sua ronda clínica pelo 400A.

— Bom dia, Marcos!

Participando de uma extensa fila que vem de longe e segue além, meia-dúzia de torres da Eletropaulo finca seus pés de ferro ao largo da comunidade. Uma ordem judicial, executada por tratores e escavadeiras, removeu os barracos que proliferavam sob a passagem dos fios de alta tensão. A partir de então, a área de risco, interditada para fins residenciais, passou a servir só de garagem aos moradores das redondezas. Sem seu lar de tábuas, derrubado no despejo, e sem cacife para aluguéis, Marcos Aurélio da Silva deu um jeito de manter seu endereço à sombra da rede elétrica. Se os carros podiam pernoitar ali, pronto, não restava dúvida nem alternativa — há cinco anos, Marcos mora no estacionamento do 400A, dentro de um Renault 96.

O veículo sem placa, amassado, depenado e por fim abandonado embaixo de um pé de mamona constituiu-se assim em um novíssimo conceito de empreendimento habitacional: o auto(i)móvel. Com a área útil ampliada pela retirada dos assentos, o espaço interno dispõe de mobiliário despojado: apenas um madeirite seco como cama.

— Colchão acaba com as costas. Se eu dormir no mole, não levanto.

Uma lona marrom surrada, sobreposta ao design francês do modelo fora de linha, funciona como um cortinado único, que protege ao mesmo tempo todas as janelas quebradas. O teto de lata foi reforçado com sobras de Brasilit. A área externa, por sua vez, é delimitada por uma cerca mediana, feita com pedaços de madeira remendados a grades de ferro. Em seu pequeno quintal circundado ao redor do carro, Marcos acumula as tralhas mais úteis que encontra na rua. Versátil, o conjugado domicílio-depósito conta ainda com um eficiente sistema de segurança: os latidos de Floquinho. Ostentando pelos brancos bem tosados e limpos, tratado a ração e osso de açougue, e sob a rédea de uma coleira anticarrapato, o vira-lata fareja nos sapatos da dra. Tanira a presença oculta de Gandhi, maltês de estimação da médica.

À falta de uma sala de estar para receber as visitas, Marcos senta sobre a mesa de sinuca no bar do Morandir, e estende o braço ao aparelho de pressão. Dra. Tanira confere também o resultado dos outros exames, colhidos anteriormente.

— Fazia anos que eu não ia no médico. Graças a Deus, fiquei feliz de saber que tô bem de saúde.

Terminada a consulta, Marcos vai guardar o envelope do laboratório no porta-luvas de casa. Em seguida, improvisa uma pedra como martelo, para ajeitar o eixo bamboleante do seu veículo de trabalho. Satisfeito com o remate das pancadas, desce a rua empurrando a carroça vazia.

— Com licença, que eu vou pegar na minha atividade.

Na fábrica de sacos onde trabalha, Sandra vai reservando o refugo de plástico ao longo do mês. O resultado acumulado são dois volumes moles e tão parrudos que cada um demandará uma viagem de coleta. Enquanto ajeita a primeira carga, Marcos calcula o peso do frete:

— Uns quarenta quilos...

Nem é tanto, para quem chega a levar duzentos de entulho. Acontece que o plástico dessa qualidade, grosso e limpo, é sucata fina, como dizem no jargão da atividade: chega a valer mais de um real por quilo — cerca de um décimo da cotação do cobre, o ouro da reciclagem. O problema é que o cobre é raríssimo de arranjar, as firmas separam e vendem por conta própria. Ainda assim, vira e mexe tem alguém queimando fio na pracinha, desencapando uns gramas. Como não dá para se manter só com metal nobre no garimpo da rua, mais garantida acaba sendo a generosidade da Sandra, mesmo que uma vez por mês: Marcos está visivelmente satisfeito, empurrando a carroça cheia à sua frente.

Sempre à frente, ele prefere, acha mais seguro. Do contrário, numa colisão traseira, "o carro pega você, a carroça passa por cima, já era, morre esmagado". Subo num pulo para a calçada quando o busão funga em nossos cangotes, forçando brecha. A garagem da Viação Santa Brígida fica logo ali, perto do 33º DP. Do outro lado da rua, um vendedor da Esquina da Construção sai detrás do balcão da loja para oferecer a Marcos um punhado de papelão usado. Na portaria do Edifício Guatemala, Dona Conceição, do bloco B, solicita os préstimos do catador para retirar umas latas de tinta que o pintor deixou na área de serviço.

— Vou só descarregar esse aqui e já volto pra pegar, pode ser?

Tratado no diminutivo, carinhosamente, Marquinhos se orgulha do bom relacionamento e da freguesia cativa que foi capaz de cultivar no bairro. Enquanto mantém o embalo da marcha, acompanhado pelo nheco-nheco agudo dos rolamentos mal oleados, o piloto da carroça vai distribuindo cumprimentos por onde passa: ah, muleque!, e ae, rapaziada! Sua província se estende por cerca de um quilômetro, "quinhentos metros pros quatro lados, como se fosse uma bússola", tomando como centro o 400A. Nesse perímetro, Marquinhos se sente de tal forma em casa que já não lhe afeta qualquer nostalgia quando fala de Lages, a cidade onde nasceu, há 40 anos, no interior de Santa Catarina, dividindo o mesmo parto com Sueli.

— Eu sou gêmeos.

O pai morreu quando o casal de caçulas tinha nove meses. A mãe saiu da viuvez para um novo matrimônio, e a prole crescente foi se dispersando entre avós e comadres. Agregado de família em família, aos 13 anos, Marquinhos veio morar em São Paulo, de favor na casa de uns conterrâneos barrigas-

-verdes, amigos do seu padrinho. Aqui, chegou a concluir o segundo grau, o que lhe encorpou o vocabulário já propenso ao bate-papo, e que mais tarde se mesclaria às gírias da rua, acentuando essa sua desenvoltura na conversa:

— Sou uma pessoa que fala mais explicado, né?

Dos tempos do colégio, as aulas de física o inocularam com o interesse pela astronomia, forte até hoje. Nas noites mais limpas, através do para-brisa rachado do Renault 96, com as costas em seu madeirite, Marquinhos contempla o céu:

— Gosto de viajar sempre no espaço. Gosto muito de medir a distância das estrelas, dos planetas... Vou te fazer uma pergunta agora: você sabe qual a estrela mais próxima que tem de nós? É a Alfa, aquela que fica no pé do Cruzeiro, sabe? Aquela tá a mais de quatro anos-luz da gente. Um ano-luz, você sabe quantos quilômetros são? São nove bilhões e seiscentos milhões de quilômetros! Sabe qual a velocidade da luz? Trezentos mil quilômetros por segundo! Quando você piscou já andou aqueles trezentos mil quilômetros. É a coisa mais rápida do mundo.

De volta a cálculos mais terrestres, ao chegar ao galpão onde geralmente vende seus recicláveis, Marquinhos conta com a ajuda de Ceará para tirar da carroça o seu meteorito de plástico. Com uma diferença de apenas quinhentos gramas, a balança confirma a precisão do palpite prévio: quarenta quilos e meio. Então, o catador retorna à rua para completar a segunda metade do frete, agora com quarenta reais e cinquenta centavos "piando" no bolso.

— Não é todo dia assim não, viu? Tem dia que dá pra guardar só uma moedinha. Entre aspas, né?

Marquinhos chegou a receber uma proposta para trabalhar no ferro velho, de segunda à sexta das oito da manhã às cinco e meia da tarde, aos sábados das oito e meia à uma, mil e trezentos livres piando por mês.

— Falei não... Eu sou de rua, acostumado, tenho minha freguesia, como fosse patrão mesmo.

Por aversão a ponto fixo, ele também não se vê tirando o inseparável boné preto do São Paulo, seu Tricolor do coração, para colocar na cabeça outra vez um chapéu de padeiro, sua antiga profissão. Foi com as mãos brancas de farinha que Marquinhos alimentou Paloma e Sabrina durante os quatro anos de "b.o.", período em que suas duas ex-mulheres lhe "deram o Pelé", sumiram, e ele teve de cuidar das filhas sozinho. Para garantir a fornada quente na alvorada, o padeiro varava a noite (aproveitando para espiar as estrelas na pausa do cigarro) e quando necessário emendava turnos, trincado no *milk-shake* de Coca-Cola e café turbinados com conhaque.

— Droga entre aspas, né? Droga lícita.

As ilícitas ocupariam seu paladar aos poucos, alterando radicalmente a órbita de Marquinhos, que passou a vagar cada vez mais longe do trigo, do forno, do emprego, da moto, da casa, das filhas. A Terra completou uma volta em torno do Sol: enquanto isso, era só o universo como teto, a cama de cimento, qualquer trocado eventual moqueado na cueca e a lapiana afiada na bainha.

— Vai dormir no meio da rua de mão abanando? Precisa se defender...

Marquinhos ficou um ano ao relento, até pregar algumas tábuas para fixar moradia. Desde então, já conta uma década de história no estacionamento do 400A: a abstinência definitiva do crack, a amizade da vizinhança, a retomada do contato com as filhas, a demolição do barraco, o Renault 96, a construção da carroça, os rolês na reciclagem...

— Ih, o neurônio morreu agora. Esqueci o refri da menina!

Preocupado em agradecer e fidelizar uma de suas melhores clientes, Marquinhos encosta no supermercado. Fico de olho na carroça enquanto ele vai às compras — quinze minutos depois, ao recebê-lo de novo na fábrica de sacos, Sandra ganha uma Coca-Cola gelada como cortesia por sua generosidade periódica. O segundo quinhão de plástico parece ainda mais gordo que o primeiro. A balança logo confirma: cinquenta e dois quilos. Mas a onça pintada mia pouco tempo em sua mão: assim que encontra Seu Antonio, Marquinhos quita a dívida de vinte reais que havia contraído com ele no final de semana. Com um saldo positivo no bolso e a carroça vazia, o catador ainda volta para recolher o papelão na Esquina da Construção e as latas de tinta no bloco B do Edifício Guatemala, como combinara com Dona Conceição. No meio do caminho, uma carcaça de micro-ondas, imprestável como forno, lhe inspira outra serventia doméstica:

— Pra colocar os bagulho de comer dentro, por causa dos ratos.

Então, a carroça finalmente para de ranger. A última escala do dia é no mercadinho do Claudionor, encerrando o expediente polpudo que testemunhei em seu encalço. Brindamos: eu com água mineral, ele com uma latinha de Colônia.

— O sol um dia vai acabar, sabia? Mas só daqui a cinco ou seis milhões de anos.

Uns cem metros depois de nos despedirmos, a caminho do ponto de ônibus, sou chamado de longe:

— Ei! Coloca o Floquinho lá na capa do livro, pô!

Assim falou; e sorriu, com seus dentes esparsos, Atena, a deusa de olhos esverdeados, revelando ao viajado Ulisses a verdadeira identidade de sua ilha original, e o fim de sua odisseia. Atena transformada em Marquinhos — agora te mostrarei esta terra, Ítaca, para que acredites.

AGRADECIMENTOS

Logo de cara, agradeço demais ao Edson Pistori, velho parceiro de outras histórias, por ter sido o primeiro a me ver escrevendo este livro. E, além do mais, por ter me apresentado ao Hêider Pinto, a quem agradeço pela confiança, pelo apoio, pela enorme generosidade comigo. Valeu, primo!

Um obrigado mastodôntico aos camaradas da Editora Elefante — Leonardo Garzaro, pela acolhida entusiasmada ao projeto, e Tadeu Breda, pela minúcia da revisão (que me ajudou a tirar do texto um bom meio quilo de vírgulas penduricalhas), além do esmero total com a edição. E também à Bianca Oliveira e à Carol Soman, pela arte caprichadíssima (e a paciência com o autor palpiteiro).

Ao Araquém Alcântara, um baita agradecimento pelas fotografias que colorem de vida em preto e branco este livro.

Aproveitei demais na escrita os pitacos sempre valiosos do Clube das 3 — Jorge Will, Lu Xavier, Mônica Carvalho, Patrícia

Eugênio, Renato Stetner, Roberto Elisabetsky e Santana Filho, responsáveis pelo requinte faceiro que costuma marcar os convescotes da nossa aclamada academia. Agradeço também à Mari Castro pela ponte com a Vanessa Ferrari, que por sua vez me devolveu comentários certeiros para aprumar o manuscrito.

Eu não teria chegado aos lugares e às pessoas que me ofereceram as histórias deste livro sem o apoio da turma do Ministério da Saúde: Filipe Proenço, Zé, Érica, Timóteo, Florentino, Aristides e Amanda. Às referências estaduais, João Barbosa (PI), Cely Gama (BA), André da Silva e Leila Lopes (AC), Roberdson (RR), Anna Mota (TO), Helder Luz (PA), Polyana e Laerge (PB), pelas indicações valiosas, mas que não dei conta de conhecer. Ao Wagner Almeida, pela força para desatar os nós da burocracia. E ao Marcelo Delduque, por ter colocado dra. Mayra, dr. Dmytro e dr. Sael no meu mapa.

Em Rondônia, agradeço ao Elsom Gomes, meu companheiro de viagem, que não só me indicou o caminho até São Francisco do Guaporé como me levou até lá, com seu alto astral infatigável diante da estrada sem fim. À prefeita Gislaine "Lebrinha" Clemente, pela solicitude enorme apesar das demandas constantes do gabinete e do Lucas, a quem também agradeço, pela infância que de alguma forma me manteve menos longe do meu filho. À Dona Neuza, pelo cuidado de mãe com os visitantes. Ao deputado Lebrão, pelos causos do desbravamento. À Vera, pelo apoio da Secretaria de Saúde. Ao Andrade, pela condução serena da ambulancha. Ao Edson Piana e ao Jaime, da Secretaria de Agricultura, pela visita ao setor chacareiro e pelas informações sobre a produção agropecuária do município. Ao Arildo e ao Edenilson pelos depoimentos ao volante. Às doutoras Iris, Indira, Arelys, Lidia, Esmeglin e ao dr. Joaquim, meu agradecimento pela revigorante conversa de boas-vindas, e minhas desculpas pelo tempo apertado, que infelizmente não me permitiu ouvi-los melhor. Ao dr. Raul Ortigoza, pelas histórias compartilhadas no Guaporé. À enfermeira Tatiana e à técnica de enfermagem Cleonice, pelo apoio na visita à comunidade. E a todos os moradores de Pedras Negras com quem tive a oportunidade de conversar: Seu Julião, Nilza Mercado, Dona Aniceta, Seu Maneco, Dona Catarina, Luzia, Dona Jovina, Lourival, Seu Venceslau, Rita, Dona Iris, pela confiança nos ouvidos do forasteiro.

No Rio Grande do Sul, agradeço ao Leandro Rodrigues pela sugestão de São Gabriel. Ao prefeito Roque Montagner, pela recepção calorosa, compensando em muito o frio dos pampas. Ao secretário de Saúde, Daniel Ferrony, pelo apoio irrestrito em meio a um pique sem trégua, movido a trabalho. À Gisele Cunha, pela prontidão do apoio, desde o primeiro contato, fundamental. Ao chefe de gabinete Luis Pires, por me indicar o trabalho do professor Tau Golim, cujos livros embasaram minha pesquisa sobre as Guerras Guaraníticas e sobre Sepé Tiaraju. À Francielle, à enfermeira Gabriela, aos agentes de saúde, Hildefonso, Eliane, Cátia, Débora e Dienifer, pelo apoio nas visitas domiciliares. Ao Paulito, motorista, pelas lições do tradicionalismo. À Beth Menezes, pela orientação nas prateleiras da biblioteca municipal. Ao Borin, o Magro, pelas informações sobre os carreteiros. Ao Fernando Santos, pela aula de história no Museu do Galo. À Cátia e ao Didi, pela conversa com chimarrão no Assentamento Conquista do Caiboaté. Ao Vasco e ao Ezequiel Moreira, pela noite tipicamente gaúcha. Aos carreteiros Nero Carvalho, Atos Langendorf e Seu Homero, por me aproximarem da sua profissão milenar. Ao dr. Yunior Perez, pela disposição de vencer a timidez para partilhar comigo sua trajetória. Ao dr. Jorge Chavez e dra. Yudaimi Veras, pelo tempero afetuoso no congriz e nos nossos encontros. E principalmente pela fartura de histórias, para as quais o livro acabou ficando pequeno. À dra. Alianne Olivera, pelo pó compartilhado na zona rural de São Gabriel. A todos os entrevistados, Dirceu Santos e Luiza Marlene, Dona Otacília, Seu Amadeu Brabos, Carmen Ferraz, Maiara Santos, Dona Iracema e Dona Palmira, pela abertura às minhas curiosidades. Ao pessoal do Madre Terra, Ana Cristina e Daniela Flores, Viviane Morais e Adão Raimundo, Seu Antonio Valada e Seu Salvador Fernandes, pela resiliência incomum. E a toda a turma da Comuna Pachamama, Lisiane Rodriguez, Tiago Vasoler, Felipe Biernaski, Guillermina Storch, por socializarem seus ideais comigo.

Em Minas Gerais, agradeço ao Vinicius Lana e à Liliany Carvalho, por me encaminharem para Araçuaí. À Maria "Zuzu" Rocha, pela acolhida no Jequitinhonha. À Cássia e ao dr. Jansen, pela cordial disponibilidade. À dra. Rita Capdeville, pela consulta providencial encaixada em pleno domingo, para acudir o febrão do Pedro, meu filho. À Teresinha da Pastoral, pelas sabedorias do mato. À Lira e ao Frei Chico, pela alma manchada de barro, pelo chão que leva à cultura popular. À dra. Diamelyz Oria, à enfermeira Shirley Bretas, à agente de saúde Luciana Oliveira, à Dona Jovina, e todas as Marias, por me deixarem pertencer, por um dia, à comunidade dos Bois. À dra.

Ana Bely, à enfermeira Zélia, ao Lucélio, motorista, à Jéssica, Dona Teresa e Maria de Lourdes, ao Sadraque, Maria Aparecida e Laurinda, pelas inspirações que eu trouxe da Baixa Quente. À dra. Claribel, aos agentes de saúde Marcos e Nirzélia, à enfermeira Claudiana, ao motorista Junin, por me mostrarem o caminho até Seu Antonio, Dona Joana, Mauro, Dorval Vieira, Seu Otacílio, Maria Marlene, Darlys, José Wilson e Dona Veralina: meu respeito às gentes do Jequitinhonha.

No Sergipe, agradeço à Aline, pelo apoio da Secretaria de Saúde de Poço Redondo. Ao Sandro e ao Seu Alexandre, pela recepção familiar. À Dona Joana, pela vivacidade das memórias. Ao dr. Sael Caballero, pela disposição aberta, sem muros. E à Dona Zefa, pela meninice antiga, pelo abraço como benção.

No Amazonas, agradeço à Meiriane, ao Ricardo, ao Almino e à Delzuita, pelas pontes que me levaram de São Paulo até Manaus. Ao dr. Venâncio, meu gentil anfitrião no bairro Antonio Aleixo, pelas portas abertas. Aos motoristas Cristiano e Alexandre, pelo vai e volta entre o centro e a zona leste. À dra. Mayra Martinez e à Fran Oliveira, por me levarem pela mão ao cerne da colônia. Ao Seu Vicente, Jandira e Lucilaine, Seu Aníbal, Edigilson Barroncas, Dona Eunice Vieira, Seu Braulino, Seu Raimundo Piranha, Seu Rui Coelho, Chico Manacapuru, Maria Raimunda e Seu Pitu, por remediarem, com suas próprias histórias de vida, algo dos meus preconceitos enrustidos.

No Rio Grande do Norte, agradeço à Uiacy e Antonia pelo pente fino nos casos exemplares, garimpados para mim. À Eliege, secretária de Saúde de Touros, pelo aval à minha viagem. Ao dr. Dmytro Petruk, pela companhia apaziguadora, e pela mistura de paisagens, montanha com praia, que sua biografia me inspirou. E a Dona Maria do Socorro, Miguel de Moura, Alais Araújo, Seu Adão Moreira, à família Gomes Matias, ao Antonio Barbosa, Seu Orlando, Marcos Tibúrcio (Marquinhos), Seu Rui, Raimundo, Dona Francisca e Jéssica, à Lenísia da Silva, ao Márcio, Maécio e à Dona Dária Assis, por me permitirem conhecer o verso do cartão--postal nas comunidades de Perobas e Carnaubinhas.

Em Goiás, agradeço à enfermeira Elvina Ribeiro pelo apoio no circuito de consultas domiciliares. À dra. Fabíola Silva, pelo enredo tão íntimo compartilhado assim, com tamanha confiança. E à Dona Delfina, à Vitalina dos Santos, ao Luis Gomes e à Dona Ciça, ao Seu Zé e à Dona Cambita, pela paciência com os meus interrogatórios compridos.

Em São Paulo, agradeço ao Mateus Falcão, à Lara Paixão, Kyzze Fontes, Mariana Campos, Cecília Kunitake, Rosângela Almeida e à Cláudia Albuquerque por me orientarem pelos corredores oficiais até a UBS Parque Maria Domitila. Às agentes de saúde, Jessica e Thamyres, pelo apoio no 400A. Ao dr. Leonardo Abreu e à dra. Tanira Zamin, pelas biografias inspiradoras, de cada um e do casal. À Dona Eulália, Dona Isolita, Maria Aparecida, Seu Moacir, Dona Zefa, Kátia, Meire Cristina, Dona Lourdes e em especial ao Marquinhos, por me revelarem outros ângulos sobre a minha própria cidade.

Agradeço ainda ao Antonio Alves, então Secretário Nacional de Saúde Indígena, pelas indicações que me levaram ao Pará. Ao Lindomar Carneiro, pela atenção à minha demanda e pela paciência com a minha insistência. Ao Drecer Reis, por me receber no DSEI Altamira num período tão conturbado. À enfermeira

Ana Lúcia, por destrancar meu caminho até as aldeias. Ao enfermeiro Antonio Carlos, à enfermeira Emmanuella Lima e à dra. Yannara Castellanos, pelas histórias no reassentamento Jatobá, que não consegui contar neste volume. À Lucimar Monteiro, pela aula de botânica medicinal no seu quintal. Às técnicas de enfermagem Suzana, Adriana, Meire, Jô e ao Edimar, nossos anfitriões nos postos de saúde indígena, pelo lar emprestado. À Kelly Santos, Moisés Ribeiro e ao dr. Elvis Salazar, pela companhia de primeira na estrada (e no rio), e pelo tanto que me ajudaram a ver. À antropóloga Clarice Cohn, pelos artigos que me muniram de informações e referências valiosíssimas (só rocei, muito de leve, a profundidade dos estudos, a complexidade do contexto, a riqueza da cultura). Aos caciques Krôire Kaiapó, Rogê, Briterê (Lucas) e Tukum, pelos braços abertos. Ao Seu Mauré, por seguir trançando suas tradições. Ao Cabrito, pelos brilhos antigos, naquela noite incrível de contação de histórias. Ao Mokuka, pela luta. Ao professor Muturwy, Gleyson Pimentel, Daniel Pinheiro e Bruno Araújo, pelas lições linguísticas e outras traduções. À Ngrenkáráti, Irenapti, Nakra, Ireôdjy, Nhàkôti, Ireire, Nhàkrin e Panhkin (do Potikro), ao Coati, Seu Jabota, Nhoipre, Ngrenhte, Bewynh e Pãnhti (do Kenkudjôy), ao Bepngàipa, Nhakkàti, Kengotí (Buchudo), Mainí, Ireproti e Nhakmoiti (do Krãhn), ao Seu Benedito (do Kamôktiko), à Dona Osvaldina, Rosana Dávila, e Bekwynhry Curuaia (Pykajakà), pela oportunidade de admirar a história e a cultura do povo Xikrin.

Um ano indo e vindo, maré de saudade enchendo e vazando... Dedico estas histórias à Passarinha, minha bússola pelos caminhos da leveza. E ao Pedro, o sentido disso tudo.

Distrito de Ingatu, Andaraí, BA

Guaraqueçaba, PR

São Sebastião da Boa Vista, Ilha de Marajó, PA

São Sebastião da Boa Vista, Ilha de Marajó, PA

São Sebastião da Boa Vista, Ilha de Marajó, PA

Vista Alegre, Igreja Nova, AL

Santa Cruz, São João dos Missões, MG

Mercado São Bento, em Santos, SP

Assentamento Rural de Bragança, PA

Antonio Prado, RS

Unaí, Diamantina, MG

Andaraí, BA

Proximidade de Salgueiro, PE

Aldeia Jatai, Bodó, MS

Comunidade às margens do Rio Jequitinhonha, MG

Arraias, Morro do Bagagem - to

Canoeiros, Rio São Francisco - mg

Parque Vitor Civita - sp

Lote 6, Paraisópolis, Charaqueahara - sp

Canoa de São Lourenço - rj

Pelourinho Nossa Senhora Nova - sp

São Bernardo do Campo - sp

Serra Azul - sp

Prudolis - sp

Tutoia - ma

Bela Vista, Matinquara - mt

São Miguel do Gostoso - rn

Comunidade da Serra da Canoa, Poço Redondo - se

Serra Catarinense - sc

ANTONIO LINO nasceu em São Paulo, em 1978. Formado em Comunicação Social, trabalha há mais de quinze anos como redator independente para organizações da sociedade civil e para o governo, escrevendo sobre temas como políticas públicas de juventude, meio ambiente e cultura popular. Durante um ano e três meses, morou numa Kombi e percorreu mais de trinta mil quilômetros pelo Brasil. Em 2011, publicou o livro *Encaramujado*, que reúne suas crônicas de viagem. Atualmente, depois de uma temporada de dez meses na África, o autor prepara um romance sobre a história da Libéria. Mais informações em www.antoniolino.com.br.